LIGHT

4

라 이 트 에 디 션

글 네온비 그림 캐러멜

중앙books

후 읍

크으으으으

쿠쿠쿠쿠

미⋯

미안해
⋯

나 혼자
갈게⋯

휴⋯

그래⋯!
힘이 세지면
끌려가지
않아도 된다!

쏴아아

1000

1000

으아아

운동복들을
좀 더
사야겠어.

$

$

맡겨만
주세요.

오오이

새옷
이다

새옷
이다

ㅋㅋㅋ

무, 무슨 소리야!

네가 이대로 사라지게 내버려 둘까 보냐!

어쨌든 돈은 꼬박꼬박 들어온다! 지금은 있는 지방들을 잃지 않는데 주력할 때야!

그러니 마음을 독하게 먹으라구!

듣고 있냐?!

말은 이렇게 하지만 불안한 건 대장도 마찬가지였다.

크윽….

크윽….

크윽….

우리가 어쩌다 이 지경까지 몰린 거지….

수지 자식…. 제발 다이어트 따윈 그만둬….

그만…!

수지의 다이어트 5개월 차.

수지 씨 살 많이 빠진 것 같지 않아?

그러게. 라인이 좀 변했어.

4

주위에서 알아보기 시작한다.

저 아가씨, 체형이 좀 변한 것 같아요.

맞아, 맞아. 처음 헬스장 왔을 때보다 확실히 달라졌어.

멋있는 누나예요. 나도 열심히 해서 빨리 표준체중 돼야지!

이래봬도 고딩이다.

저 아저씨도 많이 빠졌고 말이야.

좋아요! 하나만 더!

끄으아압!!

부장. 꾸준한 운동 한 달째.

후….

내일은 무게를 좀 더 올리겠습니다.

….

왕 왕 왕

SPEED
7.0
30:03

STOP

삐

끝났으면 천천히 스트레칭 해.

종아리 풀어주고.

네!

신수지.
163cm /
74kg

수지에게 나타나기 시작한 체형의 변화….

싸아아

도로롱

도로롱

이중턱이 거의 없어졌다….

얼굴이 동글동글해졌어.

아직은 볼살이 많지만.

짝

욱

그래도 만족.

띠

용.

쇄골…!

이 부분의 살이 좀 더 빠지면 쇄골이 생기는 건가?!

만져진다 …!!

더듬 더듬

목 아래 가늘고 긴 아름다운 뼈가….

있었어…!!
나한테도 쇄골이
있긴 있었어…!!

그래. 맞아.
쇄골이 없는 사람은 없지.

우후후후….
하하하….

매우 당연한
사실이 기쁘다.

예전엔
몸통이
주사위
같았는데
….

지금은
옆이 좀 더
면적이
좁다!

등 부분도
삼겹살
이었는데
평평해졌다!

90
라인

허리도
많이
들어갔고
….

90kg 때는
팔이 이만큼
처져
있었는데
….

지금은
조금
올려붙었다?

조금만 더
있으면 한 손에
손목이 잡힐
것도 같다!

체중 감량 속도는
더디지만
체형 변화는 점차
뚜렷해지고 있었다.

이것이 정석
다이어트의
효과.

요즘 수지는 부쩍
출근 준비 시간이
즐거워지기 시작했다.

세상에!
이 옷도 맞다!

뿅

이 옷도 맞아!
77이 들어가다니!

뿅

입을 게 많아졌어.
행복해….

히   히
히   히

우쭐해진
수지는
90kg 때
입었던
옷들을
입어본다.

헐렁해진
만큼
살이 빠진
거야
….

살이
이만큼
없어진
거야
….

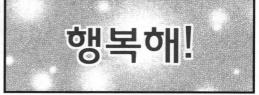

행복해!

운동을 못 가더라도
어떻게든 식이는
지키려 했던
수지의 노력.

포기하고 싶었어도
어떻게든 운동을
나갔던 수지의 노력.

수지는 지금 그것에 대한
행복한 보상을 받는 중이다.

이 옷은
66반 정도
….

혹시
들어가지
않을까?

안 들어
가려나?

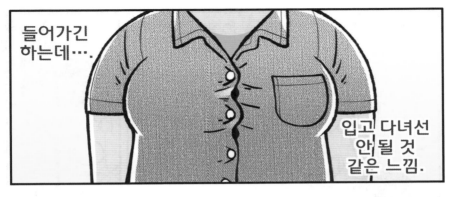

들어가긴 하는데….

입고 다녀선 안 될 것 같은 느낌.

으…. 팔이 들어가긴 들어가는데 만세가 안 되는구나.

팔을 많이 움직이면 찢어질 것 같아.

안타깝지만 ….

66까지는 아직 힘들겠어.

갈 길이 멀구나.

좋아! 살을 더 빼서 저 옷을 꼭 입어 주겠어!

막연히 날씬해 지겠다는 것보다 소소하고 현실적인 목표를 세우는 것.

그것이 다이어트를 지속할 수 있는 원동력이 된다.

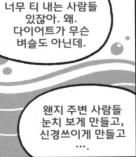

다이어트 한다고 너무 티 내는 사람들 있잖아. 왜. 다이어트가 무슨 벼슬도 아닌데.

왠지 주변 사람들 눈치 보게 만들고, 신경쓰이게 만들고 ….

그런데 수지 씨는 그렇지 않아서 되게 좋다. 다이어트는 그렇게 해야 되는데….

솔직히 직장 다니면서 다이어트 성공하는 사람은 뭘 해도 성공할 것 같아요.

아마 더 빼겠죠? 근성이 대단하니까.

무슨 얘기 해요?

불쑥

!

수지 씨 흉봤어.

맞아!

으익. 정말요?

농담이지 ㅋㅋㅋ

ㅋㅋㅋ
ㅋㅋㅋ

ㅋㅋㅋㅋㅋ
ㅋㅋㅋㅋㅋ
ㅋㅋㅋㅋㅋ

직장 내에서 수지의 평가도 업 되는 중.

늘 지나다니던 퇴근길도 새롭다.

우리 동네에 옷가게가 이렇게 많았었나?

새로 생겼나?

그동안 관심이 없었을 뿐이다.

저기 가도 나한테 맞는 사이즈가 있겠지?

내가 입을 수 있는 게 있겠지…?

한번
들어가
볼까…?

꿀꺽

딸랑
딸랑

SALE

어서
오세요.

SALE

이 옷….
좀 더 큰
사이즈
있어요?

네.
있어요.

있어요!

있어요!

있ㅋㅋㅋㅋ다 ㅋㅋㅋㅋ

언니는
글래머러스해서
살 쪼금만 더 빼시면
더 어울리겠다!

알랑

얼굴도
예쁘시고.

지금도
안 작아요.
딱 좋아요.

피부도
곱고~.

가슴 밑으로
핏이 쭉 떨어져서
허리 완전 날씬해
보이잖아요.

이 말이
제일 좋다.

알랑

입에 발린
말이란 걸 알지만
그래도 기쁘다.

옷이 맞는 건
사실이니까!

또
오세요.

네.

WELCOME

11

역사적인 날이야!!!

아무렇지도 않게 평범한 옷가게에 있는 사이즈를 사입었어!!

인터넷에선 빅 사이즈 쇼핑몰만 봤었는데…!

언제나 남자 옷 사이즈만 입었는데!

백화점에서는 임산부 옷만 봤었는데…!!

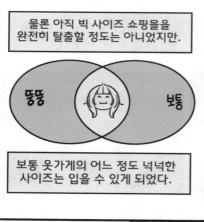

물론 아직 빅 사이즈 쇼핑몰을 완전히 탈출할 정도는 아니었지만.

뚱뚱

보통

보통 옷가게의 어느 정도 넉넉한 사이즈는 입을 수 있게 되었다.

지금은 그것만으로도 행복했다.

운동 열심히 할 거야!

식이 조절도 열심히 할 거야…!

sports

sports   sports   sports   sports   sports

….

선생님….

수지. 헬스장 이용 4개월 차.

큰 헬스장

오늘은 금요일이니까 사람이 별로 없겠다.

다 똑같은 마음의 월요일.

후끈 후끈

망했어….

망했어….

주말에 처먹고 놀았어….

빨리 빼버려야 해….

흐어어어….

다들 약속 있다고 안 오는군….

금요일.

의 패턴도 익숙해졌다.

꾸벅

안녕하세요~

안녕하세요.

안녕하세요.

친절한 NPC

아. 왔어요. 아가씨.

안녕하세요.

마른 NPC

안녕하세요. 누나!

안녕하세요.

무뚝뚝한 NPC

….

꾸벅

마치 온라인 게임 속 같은 헬스장.

NPC: 온라인 게임 등에서 같은 장소, 같은 자리에 가면 항상 볼 수 있는 게임 속 캐릭터

이젠 수지도 어엿한 헬스장 NPC.

어떻게 살 뺐어?

비결 좀 알려줘 봐.

뻥튀기 NPC

꾸준히 식이 조절하고 …. 운동하고 그렇죠 뭐 ….

그것뿐이야 …?

새로운 사실이 없음에 실망한다.

근데난 왜 안 되지 …?

그리고 뻥튀기를 끊으셔야 할 것 같아요….

주말 오후엔 늘 한가한 큰 헬스장.

안녕하세요.

아. 색시 왔는가.

월초엔 엄청나게 의욕이 충만한 신규회원들이 제법 들어온다.

그러나 월말까지 남아 있는 건 항상 꾸준히 하던 사람들뿐이다.

열심히는 아니지만 꾸준히는 하는 사람. →

좋아! 세 개만 더!

끄으읍….

하체가 튼튼해야 다른 운동도 잘할 수 있는 거야.

후욱

힘내라!

후욱

런지 (덤벨런지)

교대로 무릎 구부리기

탄력 있는 하체와 힙을
만들 수 있는 운동.

1.
양손에
덤벨을 들고
편하게 선다.

2.
보폭을
앞으로
넓게
벌린다.

뒤꿈치는
땅에 닿지 않게
유지.

3.
그대로 천천히
자세를 유지한 채
양쪽 무릎이
직각을 이룰 때까지
몸을 낮춘다.

무릎을 땅에
쿵!! 부딪히지
않도록
주의한다.

1로 돌아와서 반대편 다리로 반복한다.

일상생활
에서도
맨손으로
틈틈이!

익숙해지면
운동 방법에
변화를 줘도
O.K!

자.
반대쪽.
다리
바꿔서.

스쿼트는
다리 두 개를
한 번에 끝낼 수
있는데
…!!

런지는
한쪽 다리씩
해야 하니까
시간도 두 배.
고통도 두 배!
으흐흐흑
….

후욱
후욱
후욱
후욱

하지만
….

끄으으으

15

차

디용

이제 이런 것쯤은 즐기면서 할 수 있지!

곧바로 유산소 운동이 이어진다.

삣 삣 삣

SPEED
6.7
02:03

왕 왕 왕 왕 왕

이제 꽤 잘 걷는군.

처음에는 속도를 5로 놓고 걸어도 힘들어 하더니.

근력 운동 뒤의 유산소는 지방을 더 효과적으로 태워준다고 했잖아요.

…처음엔 지루하고 힘들었는데….

이 시간 동안 지방이 연소 된다고 생각하니까 즐거워요.

대장님. 이게 뭐죠?

자글 자글

불이야 불!

이, 이 자식들 그런 걸로 일일이 호들갑 떨지 마라!

유산소 운동은 고작해야 30분이야.

뜨거워요.

큭….

그 정도는 어떻게든 참아 봐!

이렇게 운동하는 게 계속 익숙해지면 살 빼기가 점점 쉬워질 것 같아요.

지금처럼 꾸준히 하면 살도 계속 쭉쭉 빠지겠죠?

....

그래. 그래.

그래. 그래.

겨우 이 정도 운동으로 만족하면 안 되지. 수지야.

이렇게 계속 걷기만 하고 똑같은 근력 운동만 할 생각이야?

운동이 편하게 느껴지면 더 힘든 운동을 해야지…!

이제 그쯤은 소화할 수 있잖아…?

난 니 옆에만 몇 년이고 붙어있을 그런 몸이 아니란 말이다…!

그래도 지금은 칭찬해주는 게 좋겠어.

어? 이게 무슨 소리지? 무슨 소리 안 들려?

네?

?

무, 무슨 소리요?

....

살 빠지는 소리 ㅋㅋㅋ

아 ㅋㅋㅋ ㅋㅋㅋ

소름 →

그날 저녁.

부엉 부엉

선생님!

?

자.

선물이에요.

짠

sports

….
이게….
뭐야.

바스락

SPORTS

sports sports spo
sports sports

선생님 매일
같은 옷만
입잖아요.

이제 쌀쌀
해지기도 하고….
그리고….

가져가서
환불해.

네?
괜찮아요
….

그냥 선물이니까
부담 안 가져도….

어…?
왜…?
좋아할 줄
알았는데
….

19

교환할게요.

네.

· · ·

찬희는
이런 녀석이다.

UPGRADE!

폴짝

눈대중으로 산 옷이 들어갔어~!! 대박~!

오늘은 이거랑 이 구두랑 신어야지!

입을 게 늘어가는 수지의 옷장.

러닝화는 안 어울릴 것 같으니….

오늘은 걷지 말아야지….

예쁘게 꾸미고 나갈 거야.

스윽

스윽

별꼴을 다 보는군….

다녀올게요~.

그래.

입을 수 있는 옷이 늘어났다는 사실은 수지를 하루하루 행복하게 했다.

아니야…!

난 아직 월경도 불규칙하고…. 상체는 넉넉한 77사이즈를 입을 수 있지만 아직까지 맞는 바지는 찾기가 어렵잖아?

체력은 좋지만 아직 건강한 체중은 아니야….

난 아직 비만이야. 우쭐해지면 안 돼….

내일부터는 다시 걷기도 하고….

병원도 꾸준히 나가서 건강검진도 받아야 해.

다시 예전처럼 열심히 하자…!

마음만 먹으면 금방 66사이즈도 입을 수 있을 거야! 난 체력이 좋으니까!!!

난 내 또래의 다른 여자애들보다 덩치는 좀 있지만 체력만은 좋으니까!!!

라고 수지는 굳게 믿었다.

오늘은 상체운동과 복부 하는 날이죠?

수지는 상·하체를 하루하루 번갈아 운동하고 있다.

아니.

그럼 오늘은 복부 운동만?

매트 가져올게요.

오늘부턴 새로운 운동을 할 거야.

새로운 운동…!!

체력에 자신이 있는 수지는 이제 어떤 운동도 두렵지 않다…!

좋아! 좋아! 새 운동 좋아!

오늘은 유산소 운동과 무산소 운동을 같이 할 수 있는 운동을 새로 배울 거다.

같은 운동만 계속하면 재미도 없지.

히죽 히죽

이건 재밌어서 눈물이 다 날 거다.

기대 기대

정말요?

케틀벨.

아령의 일종으로 크고 아름다운 손잡이가 특징.

스윙 (케틀벨 스윙)

전신근육을 사용하는 운동.

무산소 + 유산소 운동의
효과가 있다.

케틀벨을
양손으로 잡고
다리는
어깨 너비보다
넓게 벌리고
정면을 보고 선다.

엉덩이 중심은
약간 뒤로.
상체 중심은
약간 앞으로.

앞 뒤로
반동을 주며
힘차게 양손을
들어올리고 몸을
완전히 편다.

팔에 힘을 빼고
다리 사이로
케틀벨을 왔다갔다
자연스럽게 반복한다.

스윙 중 케틀벨을 놓치지 않도록
집중해서 운동할 것!

케틀벨을 놓치면 일어날 수 있는 사고!!

거울을 깨거나.

와장창

어항을 깨거나.

깨그랑

...을 깰 수 있습니다.

빡

으악!!

자, 어때. 간단하지?

단단히만 잡고 운동하면 절대 놓칠 일 없다.

네.

1분 동안 25회다. 넌 초보자니까 4kg짜리로.

네!

후

하

후

셋!

넷!

다섯!

붕
붕
붕

25회 달성.

재미있어요! 별로 힘들지도 않고….

그래. 15초 남았다.

뭐가요?

휴~식.

…네?

콩

나 그래도 체력은 좋은 편이 아니었나…?

8세트째.

엉덩이 쪽 관절이 욱신거리기 시작한다.

9세트째.

아무 생각이 안 난다.

10세트 종료.

처음인데 잘했어. 무게는 천천히 올리도록 하자.

체… 체력은 좋다고 생각했는데….

좋아졌으니까 이만큼 한 거야. 잘했어. 잘한 거야.

장기간 식이조절과 운동을 하다 보면 몸이 적응을 한다.

이때 새로운 자극을 주지 않으면 여지없이 정체기를 만나게 되는 것이다.

바로 이 점 때문에 운동으로 꾸준히 살빼기는 그리 녹록지가 않다…!

29

경쾌한 손놀림.

명랑한 목소리.

똑 똑

들어와!

탁

그래.
무슨 일로
왔나요?

인자한
미소.

저어, 오전에
제가 실수 했던 것
죄송합니다.

으흥?
괜찮아, 괜찮아.
그럴 수도 있지.

저어, 그리고
오늘 야근은
힘들 것 같은데
….

괜찮아요.
괜찮아.

?

짠 짠

내장 지방이
눈에 띄게
줄었네요.

지방간
수치도
낮아졌어요.

혈당도 거의
정상입니다.
축하해요.

건강이
돌아오자
바다처럼
넓어진
부장의 마음.

오늘은 PT 안 받는 날이지만 그래도 운동 가야지!!!

운동 최고야!!

하지만….

어, 자네구만. 어…? 뭐…? 오랜만에 친구들끼리 술 한잔?

사회생활을 하다 보면 피할 수 없는 게 있다.

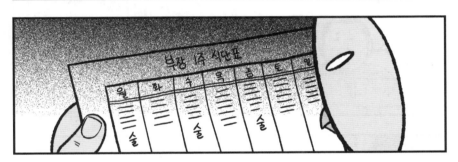

부장 1주 시간표

월	화	수	목	금	토	일
술		술		술		

술자리를 좋아하시네요.

일주일에 한 번으로 줄이면 좋을 것 같습니다.

안주 먹은 것도 쓰세요. 구체적으로.

불가능해요…! 관장님처럼 헬스장에 종일 처박혀 살면 모를까….

차라리 술자리에서 살찌지 않을 방법을 알려주세요.

물을 많이 마시면 된다든가….

안주로 두부만 먹는다든가….

비계는 떼고 살코기만 먹는다든가….

31

술자리에서 그게 가능하리라 생각하십니까?

가면 일단 먹게 됩니다.

먹을 수밖에 없어요.

운동 실컷 해도 술 마시면 그냥 지방 한 덩이 추가예요.

이만큼.

아무리 두부를 시켜먹어도 그게 다 양념이 돼 있잖아요.

모든 양념은 탄수화물이랑 지방을 섞은 거예요.

그럼 두부를…. 물에 씻어 먹으면 되지 않습니까…?

씻어 먹으면….

크하하하 하 하 하 하 하

필사적이다.

흐으 흐으 흐흐흐

허…. 허허… 허허허…

그냥 가지 마세요.

그런 짓을 했다간 친구들이 가만두지 않을 거요.

꼴불견 이니까.

저, 저는 두부만 먹고 끝낼 수 있습니다!

정말입니다! 두고 보세요!

그래…. 양념은 털어내고 두부만 먹으면 돼. 술은 딱 한 잔만 하는 거야. 그 정도는 괜찮아!

여보세요? 왜 대답이 없어? 어이, 어이. 올 거야, 말 거야?

왔구나.

부장의 친구들.

올 줄 알고 미리 시켜놨지.

자네가 좋아하는 안주들이야.

치즈 불닭

탕수육

치킨

알탕

크윽….
두부김치는!

두부김치가 없잖아!

빠
락

?

뭐? 두부김치?
무슨 소리야?

이 자식.
꿈꾸다
왔나?

사… 사실 난
지금 다이어트 중이라
이런 거 못 먹어….

털썩

헬스 PT도
받고 있고
….

이 자식….
안 어울리는 짓을 하는군.

그래,
그렇구나.

일단 한잔
받아.

두부김치는 무슨
두부김치야.
그건 집 근처
슈퍼에서나 사먹어.

맞아 맞아.
꼭 이런 자리까지
와서 콩 푸딩 같은 걸
먹어야겠어?

우리 같은 나이에
웬 헬스?
식스팩 만들게??

살 빼지 마.
얼굴도 아주
창백해졌구만.

난 옛날에
니 얼굴이
더 좋은데!

자, 일단 먹어.
먹어보라고.

크윽….

저, 저는
두부만 먹고
끝낼 수
있습니다!

두….
두부
….

둡….

ㅂ….

ㅂ….

친구들은 도대체 왜 부장에게 자꾸 음식을 권하는 것일까.

친구들이 나쁜 놈들이라서? 날씬해진 부장이 샘이 나서?

물론 그럴 수도 있다.

하지만, 꼭 그런 치사한 이유들 뿐일까?

부장과 그의 친구들을 하나의 집단으로 묶어 생각해보면 해답은 명쾌해진다.

① 3명의 불편함과 1명의 그저 그런 기분.

② 3명의 기쁨과 1명의 불행.

하지만 이 순간만은 기쁨.

최대 다수의 최대 행복을 위해 여기선 2번을 선택해야 한다.

그렇게 생각해보면 친구들을 꼭 나쁜 놈들이라 욕하기도 어려운 것이다.

먹어 먹어 먹어 먹어 먹어

일주일에 한 번 정도는 괜찮다고 했지만 이번 주만 세 번째 술자리야….

관장님한테 한 소리 들을 텐데….

건강검진 결과도 겨우 좋아지고 있는데…!

난 그냥
맥주랑….
안주는….
아, 아몬드
….

친구.
좀 솔직해
지자고.

툭툭

우리가 힘들게
일하는 건
다 먹고 살자고
하는 짓이잖아.

그리고.

생맥주를
고작 아몬드
나부랭이나
씹으면서
제대로 즐길 수
있겠어?

이…
이 대사는
…!

그건
맥주에 대한
모독이라고.

그래, 그래. 자.
우리가 쏘는 거야.

쿵 쿵

그래! 운동!
운동한다며!
운동하면 되지!!

그냥 먹어!
괜찮아!

헬스장에 돈 쓰는 것보다
이렇게 현실에 충실하면서
하루하루 맛있는 걸 먹는 게
진짜 바람직한 인생 아닐까?

크크크

끄으으….

수지씨…!
이런 기분이었나…!

이런 기분
이었던
거야…?!!

버틸 수가
없다···!

아니면
강한 의지로
아주 조금만
드세요.

그래!
조금만 먹자!

강철 같은
의지로!!

조금!!

조금!!

조금!!

이건 이미
조금이 아니다.

후루
후루

낼름

낼름

꿀떡

꿀떡

크흑…!
역시 술자리에
가면 안 됐어…!!

지방간이
심해졌을 거야
…!

혈당 수치도
다시 위험해
질 거야…!

관장님! PT
하루 땡겨서
해주시면
안될까요?

네?
아니….
이 시간에
….

뭐, 오세요.
그럼.

오늘 먹은 거
다 빼고
잘 거야 !!

빡세게
굴려주세요.
관장님!!

빡세게!
빡세게!

그럼 워밍업
하시고
스쿼트부터
….

아….
알았습니다.

열심히
할 거야!

열심히
…!!

!!!

….

부끄러
우세요?

예

30개 못한 게
더 부끄러운 겁니다.
다시 집중하세요.

헛…!
네…!

역시 관장님은
좋은 사람이야.

열심히
해야지!

부장이
가고난 뒤.

OFFICE

크하하
하하하
하하하
하하하

하하하
하하하
!!!!!!!

?

자신의 의지를 믿고
술자리에 가는 건
초보자가 스키장
상급 코스 슬로프에
타는 것과 같다.

올라갈 땐
마음대로지만
내려올 땐
만신창이가
되는 것이다.

흐….

흐흐….

0.5kg밖에
안 늘었어….

이 날 이후 부장은
술자리를 최대한
피하리라 다짐했다.

1. 술은 왜 운동에 나쁜가?

간은 각종 합성 · 이화 작용과 에너지 대사에 관여하는데, 술은 이를 방해합니다.
술의 주성분인 알코올은 몸에 이로운 점이 전혀 없다고 합니다. 술이 몸에 좋다고 우기시는 분이
계신데, 그건 거짓말입니다. 외로움을 잊고 싶을 때만 드세요.

간은 근육 성장에도 중요한 역할을 합니다. 섭취한 영양소의 일부는 글리코겐이라는 물질로 간에
비축되어 운동에 필요한 에너지의 대부분을 공급합니다. 또 간은 단백질과 아미노산의 분해 · 합성을
담당합니다. 알코올을 마시면 기분이 좋아지고 100kg짜리 바벨도 번쩍 들 것 같은 용기도 생기지만,
신체에는 독성 물질입니다. 이것이 들어오면 간은 "으악, 주인놈 독을 먹었어!"라며 열심히 해독
작용을 합니다. 거기에 온 힘을 쏟는 동안 에너지 대사가 낮아지므로 운동 효율이 떨어집니다.
또 근육 성장에 필요한 단백질, 아미노산의 분해, 합성이 저하됩니다. 따라서 술을 규칙적으로 마시고
운동을 하면 효과가 아주 떨어지게 되지요.

가능하면 술을 끊고 운동에 전념하는 편이 좋겠지만, 부득이하게 술자리를 하게 되면, 다음 날은
운동을 쉬는 편이 좋습니다. 체내에 들어온 알코올이 분해되는 데는 섭취한 양에 따라서 12~24시간
정도 걸린다고 합니다. 그동안 간이 얼른 알코올을 해치워버리는 데 전념하도록 해주고, 이틀 후에
열심히 운동을 합시다. 굳이 운동을 하겠다면 강도가 세지 않은 유산소 운동을 하세요.

2. 술자리는 어떻게 대처할까?

사회인은 술자리를 피하기 어렵습니다. 어떻게 계속 피한다고 해도, 결국은 가야 할 때가 있습니다. 그런 분을 위한 지침을 알려 드립니다.

1) 따뜻한 물을 많이 마시자 수분을 섭취하면 일시적으로 배가 부른 효과가 있습니다. 술자리 초반에는 기름진 안주를 먹고, 후반에는 덜 기름진 안주를 먹는 경우가 많습니다. 초반에 충분한 수분을 섭취하여 기름진 안주를 가능한 한 피하면, 섭취하는 총 열량을 줄일 수 있습니다. 차가운 물보다는 따뜻한 물이 좋고, 맑은 커피나 차도 좋습니다. 그렇지만 너무 많은 것을 요구해도 까탈스럽게 보일 테니 따뜻한 물 정도로 만족합시다.

2) 초반에는 채소를 주로 먹자 술자리에 항상 채소가 있지는 않지만 채소류가 있다면 많이 먹어둡니다. 채소는 부피가 커서 만족감을 주고, 식이섬유가 지방 섭취를 줄여줍니다.

3) 그냥 편하게 생각하자 사실 위 두 조언은 덤이고, 이 부분이 가장 중요합니다. 피할 수 없는 술자리는 그냥 즐길 수밖에 없습니다. 다이어트에 대한 부담감을 잔뜩 짊어지고 술자리에 나가면, 그 반작용으로 폭풍 섭취를 하게 됩니다. 나는 안 그럴 거라고요? 오랜 식이 조절에 대한 보상작용으로 반드시 그렇게 됩니다. 당연한 말을 잘난 척하면서 말하는 것 같지요? 심리학적으로 자제력은 개인마다 절대량의 차이가 있지만, 한정된 자원이나 마찬가지라고 합니다. 마음에 자기 억압이 없을 때 자제력이 최대한 발휘됩니다. 즉 "오늘 술자리는 조금만 먹고 빨랑 튀어야지"라고 아침부터 되지도 않는 다짐을 할 때부터 자제력은 소모되는 것입니다. 오히려 "음. 오늘 술자리가 있네. 적당히 먹어야겠어"라고 생각하며 미리 스트레스를 받지 않는 편이 폭식을 방지한다는 뜻입니다. 이런 맥락에서 술자리가 있다고 당일 아침, 점심을 적게 먹거나 거르지 마세요. 그것이 자기 억압이 되고, 결국 폭식으로 이어집니다.

《다이어터 라이트 에디션》 2권 149쪽에서 치팅 데이에 대해서 이야기했습니다. 피할 수 없는 술자리가 있는 날은 그동안 썼던 식단일기와 다이어트 일정을 체크하고, 술자리 자체를 치팅 데이로 삼아 즐기는 마음으로 임하세요. 어차피 돌아올 치팅 데이라면, 며칠 시간을 변경해도 큰 차이는 없어요. 대신에 원래 계획했던 치팅 데이에 식이 조절을 하고, 운동을 열심히 하면 됩니다. 물론 절대 맘 놓고 폭식하라는 뜻은 아닙니다. 술자리가 있던 날부터 며칠 동안은 기름진 음식 섭취로 에너지가 풍부할 테니 폭풍 운동으로 근육에 투자합시다.

선생님.
오늘은 일이 좀
늦게 끝났어요.

헬스장에 계시죠?
집에서 저녁 안 먹고
바로 헬스장으로
갈게요!

굶을 거야?

아뇨.
대충 챙겨 먹고
갈게요.
시간이 없기도
하고….

식당은 이렇게
많은데 딱히
들어갈 데가
없다….

기름진 거….

밀가루….

지방….

도시락을 싸올걸….

어서
오세요.

날씬한 걸 좋아하는 사회의 환경은
살찌는 식당들로 가득하니 이것 참 아이러니다.

살 게 없어….

먹을 게
없어….

먹을 게
없어….

먹을 게
없어…

먹을 게
…

먹을 게
이렇게 많은데
먹을 게 없다니?

살 게 없어….

수지가 편의점에 들어가서
살 게 없다고 고민하는 일이
생길 줄이야.

이건 얼핏 봤을 땐
몸에 좋아
보이도록
머리를 썼지만…

애초에 박스에
담겨있는
음식들 중
제대로 된
것들은 거의
없었어.
경험상….

건강한 씨리얼 바.

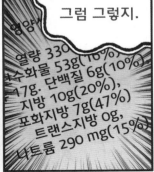

그럼 그렇지.

영양성분

열량 330
탄수화물 53g(16%)
47g. 단백질 6g(10%),
지방 10g(20%),
포화지방 7g(47%),
트랜스지방 0g,
나트륨 290 mg(15%)

하지만 어떻게든 찾아내야 한다…!

여기서 포기하면 그대로 굶게 될 거야.

계산해 주세요.

바나나

생수

저지방 우유

절치방 식류

구운 계란

990

예.

안녕히 가세요.

좋아. 이 정도면 선방이야.

넹.

제시간에 챙겨 먹기 성공.

채소가 없는 게 좀 아쉽지만 적당히 배부르고 괜찮아.

이제 이틀만 더 참으면 맛있는 걸 먹을 수 있다.

이번 주엔 찜닭을 먹어야지!

장기간 식이 조절을 하다 보니 식품 구입의 기준도 변해갔다.

6개월 전.

맛있는가?

쿠폰을 주는가?

싼가?

빨리 나오는가?

지금.

가공이 많이 안 됐나?

먹고 나서 운동하기 편한가?

영양 밸런스가 맞는가?

다음날 컨디션이 가뿐한가?

5F	큰 헬스장
4F	현동 안과
3F	현동 약국
2F	제시카 키친
1F	로비
B1	식당
B2	주차장

올라 갈 거죠?

어여 들어와요, 들어와!

괜찮아요!

계단으로 올라갈 거니까! 허허!

허허….
참….
별일일세.

처음엔 그냥 철없는 아저씬 줄 알았더니….

네온비 관장이랑 PT 하면서 사람이 달라졌네.

안녕~ 수지 씨~.

안녕하세요. 부장님.

요즘 열심히 하시네요!

그래, 그래. 허허허….

하나 둘 셋 넷~

아빠 미소

….

저 아가씨가 그리 좋아요? 설마 진심으로?

뭐…. 그냥….

긁적 긁적

에이~ 심했다.

나이 차가 몇인데 ??

나…
나이가 많으면
혼자 좋아하는 것도
안 됩니까?

수지 씨는 예전에
나를 매일
편들어 줬단
말이에요.

다른 직원들이
다 싫어하는
나를….
챙겨주고….

좋아하는 게
아니라
잘해줘서
고마웠던 거
아니유?

뭐라고요?

아니, 요즘은 수지 씨가
젊은 사람이랑 같이 있어도
별로 질투도 안 하고….

네온비 관장이랑 요즘
잘 지내는 것 같던데
그것도 잘해줘서
고마운 거 아닌가…?
안 그래요?

?!

호호호.
보기보다
귀여운
구석이
있으셔.
호호.

쓰, 쓸데없는
소리 하실 거면
조용히 뻥튀기나
마저 드쇼!

빡 빡
9.8
SPEED
Km/h
빡

허!

참나!!

이거
원 !!

아줌마가
못하는 소리가
없네…!

시간이 잘
안 가는군….

숨도 차고….

후아

후아

후아

힘들어….

이 나이에
내가 귀여워?
귀엽다고??

호호호
귀여운 구석이
있어

정말
주책 없는
아줌마야!

아직 혼자 운동이
어색하기만 한
부장.

봐주지 않으니
어쩐지 섭섭함

….

잘하셨어요,
갈수록 느시네요.

하하하.

오늘은
코어 운동과 스트레칭
위주로 하자.

균형 감각도
키우고, 몸을 더
예쁘게 만들어줄 거야.

네
네

48

비만인 사람의 몸은
근육과 지방의 비율 말고도
여러 가지 문제가 있다.

그중 하나가 몸의 균형이 흐트러진 것.

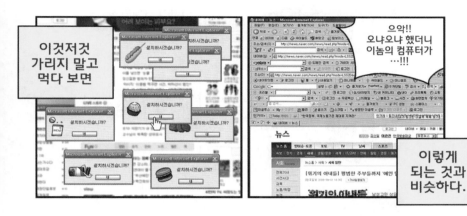

이것저것
가리지 말고
먹다 보면

으악!!
오냐오냐 했더니
이놈의 컴퓨터가
…!!!

이렇게
되는 것과
비슷하다.

돌아가긴 하지만 그대로 사용하기엔
어딘가 곤란한 컴퓨터가 되는 것이다.

코어 운동은
몸의 중심(core) 근육을 강화시켜
균형 감각을 잡아주며

운동을 더욱더 잘할 수 있도록 도와준다.

한마디로 몸을 최적화시키는
운동이라고 생각하면 된다.

마운틴 클라이머

(1) 팔굽혀펴기 자세로 엎드려서 발끝부터 머리끝까지 일직선을 유지한다.

(2) 몸통 자세를 유지한 채 오른발을 들어 가슴 쪽으로 무릎을 끌어당긴다.

(3) 다시 시작 자세로 돌아가서 왼쪽 다리도 같은 동작을 수행한다.

2, 3을 빠르게 반복한다.

처음이니까 15개씩 3세트로 시작해보자.

새로운 운동은 언제나 설렌다.

네!

짝!

빠르게! 빠르게!

짝!

하나!

짝

짝

괴물한테 잡아 먹히기 직전이야!

아앙

!!

짝

짝

물리겠어! 물린다! 물린다!!

으아아아!!

도망가 도망

쳐 쳐 쳐

....

저거 할 만 하겠는데….

재밌겠다….

?

슬금 슬금

....

쳐 쳐 쳐

아…아니….
지금
뭐하시는 거죠?

몸에 좋은
운동이라기에
….

이 운동 특허라도
있는 거 아니죠?
같이 좀 합시다.

아니….
그럼 나랑 신수지가
없을 때 하든가….

…….

이건 돈
안 받죠?

따라하면
안 됩니까?

안 되는 건
아니지만….

…….

뭐….
맘대로 하세요.

좀 날파리 같긴
하네요.

뭐?

흥!

척

아랑곳하지
않는다.

척

척

척

척

15x3set 완료.
잠깐의 휴식 시간.

마운틴 클라이머…
산을 오르는 동작….

운동 용어는
어려워 보여도
알면 알수록
재미있어….

플랭크

이 자세로 30초~1분 정도 그대로 버틴다.
3세트 정도 반복하면 된다.

→ 이 부분에
체중을 실어준다.

집에서도 틈틈이 할 수 있는 좋은 운동.
간단한 운동이므로 하루 3분 시간을 내 보자.

복부에도 좋다! ^^

보…복부에
엄청난 힘이
들어와….

끄으윽….

덜
덜

수지야, 춥니?
왜 이렇게
부들부들 떨어.

덜 덜
덜

그…그냥
몸이 저절로 막
떨리는데요….

아저씨도 좀
따라하려면
제대로 해요.

엉덩이로
하늘 찌르겠네.

쿡 쿡
쿡

크으윽….

내려,
내리라구요.

좋아요,
앞으로
10초!

몸에
지진 났네,
지진 났어!

으윽

끄으으

?

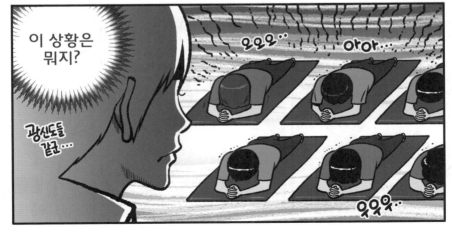

아아….
어쨌든 기분 좋다….

정식 트레이너가
된 기분…!

권력의 기쁨을
만끽 중

……

회원들이 GX수업을
좋아하는군…….

개설해봐도
좋겠는데?

*GX: Group eXercise
강사 한 명에 회원 여러 사람이 함께하는 운동이다.

회원들을
더 모으기도
좋을 것 같고….

프로그램도
다양하게….

GX를 생각
중이시라고요?

그래, 그래.
홍보 팜플렛
하나 만들어 봐.

싫어요.
귀찮잖아요.

빌딩 살 때
까지만
참는거다.

빌딩 살 때
까지만…

빨리 만들어
오겠습니다.

툭덜
툭덜

후후

선생님. 밤새 안 자고 뭐 하세요?

아, 관장 놈…. 아니 관장님이 뭔가 시킨 게 있어서.

낮에 좀 주무세요.

안 그래도 그럴 거야.

오늘은 꾸미지 말고 걸어가라.

네. 다녀오겠습니다.

한가한 평일 오전의 헬스장.

그래….

부들 부들

네온비의 GX

당신의 활기찬 인생을 책임집니다!!

야호

스트레칭. 근력강화.

이걸 만들어서 500장이나 뽑았다고?

네. 돈은 관장님 앞으로 달아 놨어요.

어차피 해야 할 거 밤새서 했죠. 서둘러서.

근방엔 전부 붙였어요.

?

이 자식이 왜 시키지도 않은 짓을 해!

왜 이렇게 쓸데없이 부지런 한 거야!

철썩

철썩

철썩

어휴! 이걸 진짜!

아..??

아, 왜 때려요! 이쁜 짓을 해도 난리야!

…가 아니야.

네?

GX강사를 할 사람이 내가 아니란 말이야.

아, 그럼 진작 누굴 구했다고 말을 하든가.

잡다한 일만 나한테 시키고….

너한테 맡긴 거야.

네?

GX강사.

쏴아아

흐흐흐…. 크흐흐흐….

드디어 네온비 관장이 나의 가치를 알아보기 시작했군.

하지만 너무 늦었어…!

이대로 난 큰 헬스장 건물의 주인이 되고 널 청소시킬 거야!

서찬희의 소박하고 꾸준한 야망.

그래… 계단 청소는 끝났나?

예예.

뭘 멍하니 서 있어?

예?

건물 복도도 해야지!!

눈치 없는 놈!!

아이구…

크하하 하하하 !!!!!!!!

크하하 하하하 하하하 !!!!!!!!

좋아.
수지에 대한
자료도
차곡차곡
모이고 있고
….

사진부터
각종 치수까지
꼼꼼히 기록해
뒀으니까….

슬슬 개인 블로그를
만들 때가 됐어….

나를 어필하며
홍보할 수 있는
공간…!

블로그 이름은
<트레이너 서찬희의
매일매일 블로그>

신수지의 자료는
수지가 다이어트에
성공하면 그때
올리자.

이 블로그가 활성화 될 때쯤엔
신수지가 다이어트에 성공하고
난 인터넷 유명인사가 된다.

인터뷰 요청도
쇄도할 거고….

운동도
꾸준히 해야 하니
인터뷰는 하루에
한 번만.

그렇게 인지도를 쌓아나가다가
공중파 방송의 게스트나 패널
역할부터 시작한다.
바로 MC 자리를 맡을 순 없겠지.

어떻게든
3개월만 얼굴을
비칠 수 있다면
그때부터
모든 게
일사천리야.

더 유명해지면 책 출간도 시간문제지. 운동 방법
끝에는 자서전 비슷하게 에세이도 넣고,
그래도 페이지가 남으면 섹시 화보도
넣을까. 초판은 5만 권은 찍자…!!!

당연히 금방 다 팔리겠지만 안전하게
가는 거야. 책값은 15,000원 정도
로 해야지.

출간 즉시 베스트셀러가 되면
잘 나가는 책 코너와 헬스 코너
두 군데에 비치가 돼서 더 잘
팔릴 거야.

닭가슴살 브랜드도 런칭할 거야.

그래…. 이름은 찬닭 정도가 좋겠어. 닭고기가
차가운 느낌을 주지 않도록 패키지는 무조건 노랑으로
가야지. 아무 양념도 넣지 않고 순수한 닭가슴살만을
위생적인 환경에서 조리해서,
조리과정과 포장은 인터넷 VOD 생중계를 하자.

'찬닭은 믿을 수 있어,
제일 깨끗해!!' 이런 이미지를
은근슬쩍 구축해 가는 거야.

10개 사면 11개 증정. 20팩 SET는 23개.
스티로폼 박스에 얼음팩을 넣고 신선하게 당일
배송하자. 친구들이 택배 업계에 종사하고 있으니
배송비는 좀 깎아주겠지?

실시간 이슈 검색어	
1 찬닭 배송	NEW
2 서찬희	⬆ 38
3 다이어터	⬆ 48
4 성시경 음악도시	⬆ 25
5 샤이니 컴백	⬆ 102

실시간검색 1위 정도는 문제없겠어.
믿을 수 있는 깨끗한 찬닭을
모티브로 광고도 찍어야지.

네온비 관장은
고객센터 전화
업무를 맡기자.

욕은 네온비가
다 들어야 해.

곧 배송
됩니다.

죄송합니다
….

굽신
굽신

헬스만으론 부족해. 새로운 분야에도 과감히 도전한다!

요가나 필라테스를 공략해서 왕창 팔자. 왕창, 왕창...

어줍잖게 현실적인 찬희의 끝없는 망상.

어쨌든 이 모든 것을 이루려면 수지의 다이어트가 성공해야 하는데...

요즘 신수지는 체형 변화 시점부터 왠지 해이해졌어.

랄랄랄

꾸미는 게 나쁘다는 건 아니지만.

또각 또각 또각

걷기 운동도 매일 하더니 요즘엔 고작 일주일에 한두 번....

독설을 할까?

이대로 안주해 버리면 다시 예전처럼
먹고 마시는 건 시간문제야.

정신 차려. 이 돼지야!

....

그렁 그렁

충분히 잘하고 있는데 그럴 필요까진 없으려나....

흐음...

뭐, 식이 조절은 잘 하고 있는 편이니 조금 더 두고 보자.

으으. 이제 좀 자야겠어.

어쨌든 신수지는 좋은 샘플이야.

수지 씨, 요즘 SBC의 <고도비만 살빼기 대작전> 봐?

네.

그거 보니까 트레이너들 완전 무섭더라.

그렇게 혼나면서 운동을 어떻게 하지?

하긴…. 억지로 하는 운동은 오래 못 가니까요.

난 못할 거야.

수지 씨는 운동이 즐거워?

조금씩요.

두쿡

두쿡

두쿡

두쿡

…

그래, 튀김을 참은 건 잘했어.

좋아, 잘했어!

잘했어!

잘했어!

표준체중을 찍기까지,
긴 시간 동안 다이어트를 하다보면
포기하고 싶은 순간도 많지만⋯.

이 다이어트를 계속 지속할 수 있도록
도와주는 건 무조건적인 쓴소리가 아니야.

칭찬⋯!

성과⋯!

그리고 보상⋯!

각자 생각은
다르지만
수지와 찬희는

역시⋯.
선생님은
좋은
사람이야⋯.

목표를 향해
천천히 한 걸음씩
내딛고 있다.

3. 나에게 맞는 운동 강도는 어느 정도?

부장님처럼 처음부터 욕심을 부리고 과하게 운동을 하면 다치기 쉽습니다.
근육통은 물론이고, 처음에는 몸의 균형이 맞지 않으므로 각종 골절이나 부상도 쉽게 입습니다.
체중이 많이 나가면 위험은 기하급수적으로 늘어나고요.
그런 분을 위해서 첫 운동 측정법을 소개합니다.

유산소 운동

걷기, 달리기, 자전거, 러닝머신 등 종목은 관계없습니다. 숨이 차지 않는 정도로 1분간 운동해봅니다. 숨이 찰
듯 안 찰 듯한 그 지점이 적당합니다. 그 강도로 20~30분 정도 운동합니다. 해보면 알겠지만, 이만한 강도라도
처음이라면 상당히 힘듭니다.

근육 운동

맨몸 운동 – 자신이 할 수 있는 최대량을 해봅니다. 가령 윗몸 일으키기 30회가 최대량이라면,
이것의 60%, 18번 3세트가 기본입니다.

중량 운동 – 자신이 1회에 들 수 있는 무게의 60% 정도가 적당합니다.
가령 10kg 덤벨을 딱 한 번 들 수 있다면, 6kg으로 12회, 3세트 정도를 하면 됩니다.

매주 체력을 측정하고, 기록을 남깁니다. 찬희가 그랬던 것처럼, 그래프를 만들면 효율적인 관리를 할
수 있고 목표도 명백해집니다. 한 번 해봤다가 체력 측정을 게을리하면 태만해지기 쉽습니다.

이 지침은 가장 기본적인 방법입니다. 운동에 익숙해지면 다양한 방식으로 새로운 시도를 해보세요.
보다 정확한 측정은 심박수를 기준으로 삼지만, 그것은 〈다이어터 라이트 에디션〉 5권에서 다루도록
하겠습니다.

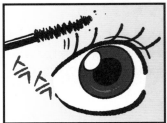

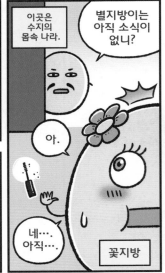

이곳은
수지의
몸속 나라.

별지방이는
아직 소식이
없니?

아.

네….
아직….

꽃지방

참 괜찮은
녀석이었는데….
작은 지방이 되어서
내려오겠구나.

착해지지만 않으면
좋으련만.

꽃지방의
아빠

꽃지방과
별지방은
친구였다.

별지방은 쓰레기 정리하다
하늘로 떠올라 버렸지만.

너도 항상
떠오르는 일 없게
조심하거라.

꾸밀 시간에
근육 마을 쓰레기통이나
한 번 더 걷어차고.

….

맨 처음 불이 붙거나
하늘로 올라가는
현상이 일어났을 때,

이대로 영영
사라지나 싶어
지방들은
걱정했지만

지방이 완전히
사라지는 일은
일어나지 않았다.

수지처럼 어렸을 때부터 비만이 지속되면,

수지

보통 여아

몸속의 지방세포가 늘어나게 된다.

소아 비만을 벗어나지 못한 채 성장하면 늘어난 지방세포들이 그대로 커진다.

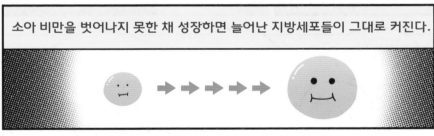

남들보다 지방세포들이 크고 많기까지 하니 더더욱 살빼기 어려운 몸이 되는 것이다.

이젠 빠질 때도 되지 않았나?

이것은 소아 비만을 경계해야 하는 이유이기도 하다.

하지만, 이미 많아진 지방세포라도 식이요법과 운동을 통해 크기를 줄일 수 있다! ^^

자네, 늦었구먼!

하하, 그렇게 됐네 그려.

...미안 미안

어디….

수웁

두리번
두리번

꽃지방 아빠, 출근 중.

저놈…. 저놈이 문제야.

꼬마근육 말이지?

그래, 저 녀석이 앞장서서 근육들 선동질을 하고 있다고.

가끔 태풍이 마을을 덮쳐도 금방 복구하면서 오히려 점점 발전한다니까.

지금도 보수할 곳을 찾아다니고 있군.

이놈…. 이 눈엣가시 같은 꼬마근육놈.

….

어쨌든 우리는 끝까지 지방대장님을 지키는 일에 온 힘을 기울이자고!

불끈

좋아, 오늘은 더 이상
보수할 데가 없구나.

꼬마근육아!
오늘 운동은
몇 시니?

시간이 남으니
수지나라 간판을
청소해야겠어.

많이 낡았네.

welcome to
수 지 나 라

저녁때쯤요?

그리고 두 시간 뒤에
수지가 음식을 먹을 테니
사람들과 함께
돈 받으러 갔다 오세요!!

그래,
알았어!

안녕?

대부분의 큰 지방들은 여전히 쓰레기통을 걷어차고 다녔지만….

에잇

우랍

에잇

….

작은 지방들은 달랐다.

빨리! 빨리!

뽈뽈뽈뽈

힘을 내요!

우리가 여기서 비켜줘야 물이 잘 나올 것 같아!

오오오오

삐옹

떼굴떼굴….

팡

와아

동맥경화 해소

예쁜 꽃이 피었군요.

아름다워요.

오오….

물을 줘야겠어요!

전 벌레를 잡겠습니다!

난 잡초를 뽑겠소!

무럭 무럭

지용성 비타민 흡수에 도움

71

큰 지방들로선 작은 지방들의 행동이 이해가 되지 않았다.

계집애 같은 꽃놀이는 집어쳐!

에잇!

에잇!

그, 그만 두시오!

안돼!!

으허헝

퍽

퍽

평화파 출범.

작은 지방 연합회

-왜 우리는 근육과 싸워야 하나?-

어차피 같은 신수지의 몸!!!

우리도 좋은 일을 많이 합시다.

옳소!

언제까지 잉여 취급을 받을 수 없지.

왕정파 출범.

지방 대장님을 무조건 지켜야 해.

세상이 기울어져도 대장님을 지키자고!!

근육 이 개자식들…. 나쁜 놈들….

원랜 다 우리 거였는데 우리 것….

작은 지방은 전부 평화파였지만 큰 지방이라고 전부 왕정파는 아니었다.

비록 소수에 불과했지만 평화파를 지지하는 큰 지방도 있었다.

꽃지방은 평화파였다.

자. 이건 내가 직접 키운 화분이야.

어, 웅…

나와 친구 해 줄래?

지방 대장님도 한때는 이렇게 꽃을 키우는 게 취미였다고 들었어.

….

72

언젠가 우리들도…

잘 어울려 살 수 있는 그런 날이 왔으면 좋겠어.

Welcome TO 수 지 나 라

허허, 웬 화분이니?

…아빠.

지방이 꼭…. 전부 나쁜 녀석들은 아닌 것 같아요.

단백질, 탄수화물과 더불어 지방 역시 몸을 구성하는 3대 영양소중 하나입니다.

그러니 너무 우리를 미워하지 않으셨으면 좋겠어요….

곧 전부들 착해질 테니까요!!

우리들은 에너지 저장, 단백질 절약, 체온 조절 등의 중요한 역할을 맡고 있어요.

수지나라에 손해만 끼치는 건 아니랍니다.

TIP 지방은 되도록 아침에 섭취하세요. 몸에 축적되는 것을 줄일 수 있답니다.

지금도 너무 많은데 또 들어오면 슬퍼요.

끄응….
어제 복부운동을
열심히 했더니
배가 좀 땡기네
….

하지만 이젠
아무렇지도 않으면
그게 더 허전해
….

띵똥

오늘 운동
빡세게
할 거야.

저녁은 약간
가볍게 먹는 게
좋겠네.

꾹꾹꾹

휘잉

야~ 아주
시원하다!

망했네.
망했어.

정말
끝도 없이
부서지는
군요.

팡 팡 팡

하하하

하하하

거듭되는 공사에
단련되는 근육들.

작은 지방 연합회.

이번 복구가
끝나면
근육 집 앞에
잔디를
심어줍시다.

화분도
선물
합시다.

좋습니다.

좋아요.

말 나온 김에
오늘 저녁엔 친환경
봉사모임에 대한
토론을 하는 건 어떨까요?

훌륭합니다.

훌륭해요.

…….

따딱

졸지 말고
똑바로 들어!

방귀호 이용법

정신 빠진
것들!

으으

한편,
큰 지방들도
수지의 체지방
감량에 맞서
나름의 대책을
세우고 있었다.

수지 자식이 아무리 운동해봤자 우린 잠시 동안만 버티면 되는 거야.

캬캬캬

파라! 파라! 계속 파라!!

방공호 최고야!

방공호만으론 부족합니다. 아직 충분하지 않아요.

어이, 그거….

넵!

삐 삐 삐 삐

지방 여러분. 수지의 운동징후가 포착되었습니다. 신속히 가까운 방공호로….

특별예산으로 도입한 운동 예보 시스템입니다. 미리 대피할 시간을 벌 수 있죠.

어떻게든 정체기로 끌고 가려는 그들의 속셈…!!!

ㅋㅋㅋ
ㅋㅋ
ㅋㅋ
ㅋ

대장님!

그래, 염탐은 잘했겠지? 읊어봐!

척

더는 작은 지방들을 두고 보면 안 됩니다.

그들은 이미 아군이 아니에요.

정신 교육이 시급합니다!

은신처도 찾았고요.

작아졌다고 정신까지 빠져버린 거로군….

모두 잡아와라.

평화 화합 공존

작.지.연
작은 지방 연합회

맞아요. 우리 지방들이 적절히 있음으로써 수지의 체온이 잘 유지되고 있는 거지요.

자, 그럼 다음 사람이 건강한 수지를 만들기 위한 의견을 말해봅시다.

안녕하세요! 작지연 여러분!

요깃거리를 좀 가져 왔어요.

항상 고맙군요.

뭘요.

아, 그리고 오늘은 친구를 한 명 데려왔어요…. 자, 들어와.

안녕하세요…!

오…!
자네는 꼬마근육
아닌가?

활약은
익히 들어서
잘 알고 있지!

우리 작은
지방들도
수지를 건강하게
만드는 게
목표라네!

지방분들 중
이런 생각을
가진 분들이
있을 줄은
몰랐습니다.

펄짝

펄짝

앗, 뜨거.

탁
탁

불이
붙었어요

빨리
꺼

….

흒흒

ㄱㄱㄱ

우르르

이 의견은
…

여기는….

장소가….

4. 인터벌 트레이닝이란?

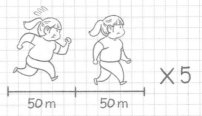

인터벌 트레이닝은 이즈미 타바타 교수가 개발한 트레이닝 방법입니다.
이 운동법은 짧은 시간에 극도로 근력을 단련합니다. 또 총 운동 시간이 4분에 지나지 않습니다.
여러분도 당장 인터벌 트레이닝을 시작하세요! 그 운동법은 다음과 같습니다.

근력 인터벌 트레이닝 (스쿼트)
[풀 스쿼트 20초 (할 수 있는 최대 속도와 횟수) + 휴식 10초] X 8회

감이 좋으신 분은 눈치를 챘을 겁니다. 이것은 초심자가 소화할 수 있는 운동량이 아님을요.
이 운동을 처음 한 사람은 다음 날 제대로 걷지도 못할 정도로 극심한 근육통에 시달립니다.
원빈이나 김태희 같은 미모의 트레이너가 시킨대도, 끝나면 한 대 후려치고 싶을 만큼 힘듭니다.
그렇지만 그 효과는 절대적입니다. 칼로리 소모도 엄청난 데다가 근성장도 독보적입니다. 체력에
자신이 있다면, 짧은 시간에 아무 곳에서나 운동할 수 있는 만큼 경제적이기도 합니다. 이러한 훈련을
고강도 인터벌 트레이닝[HIIT(히트):High Intensity Interval Training]이라고 합니다. 스쿼트 외에도
여러 조합으로 운동할 수 있습니다.

왜 이런 힘든 것을 시키냐고요? 이것은 고강도 훈련에 국한된 이야기고,
초보자도 변형하여 다양한 운동에 적용할 수 있습니다.

초보자 달리기 인터벌 트레이닝
[전력 달리기 50m + 빠르게 걷기 50m] X 5세트

이렇게 저강도 인터벌 트레이닝도 가능합니다. 인터벌 트레이닝의 최대 장점은 단순한 세트로
비슷한 운동을 했을 때보다 열량 소모량과 운동 효과가 크다는 점입니다. 신체는 반복적이고 변화가
적은 운동에 쉽게 적응합니다. 운동 중이라도 신체가 안정기에 들어가면 에너지 소모가 상대적으로
떨어집니다. 대신에 변화무쌍한 운동을 하면 신체가 적응하기가 어렵고 그만큼 열량 소모가
늘어납니다. 만약 러닝머신에서 지루하게 30분을 채웠던 분들은, 속도를 올렸다 내렸다 바꾸면서
새로운 인터벌 트레이닝에 도전해 보세요.

운동에 익숙해졌다면 위에서 소개한 스쿼트 인터벌 트레이닝도 꼭 해보시길 바랍니다. 언제까지 쉬운
것만 하면 발전이 없잖아요? 내 몸의 새로운 능력을 개척하세요.

서찬희의 정신나간 GX 포스터 때문에 회원이 조금 늘었다.

여기서 희안한 GX를 한다면서요?

눈이 그렇게 따로 굴러 갈 수 있나요?

네올비의 GX

다리가 그렇게 벌어지나요?

....

서찬희 이 자식…. 너 때문에 내가 어쩔 수 없이 수업을 떠맡게 됐잖아…!!!

옷 갈아입는 게 왜 이리 오래 걸려?

…시선이 느껴진다….

수지야. 수지야. 빨리 나와라.

G · X ROOM

어쨌든 잘 오셨 습니다.

가볍게 스트레칭부터 시작합시다.

둘씩 짝을 지어 보세요.

웅성 웅성

안녕 하세요.

안녕 하세요.

짜박

같이 해요.

아유!

그럼요.

....

....

그래.
둘이 하면
되겠네요.

서로
나란히
서보세요.

네에?

아, 아니….
제가 왜
이 아줌마랑….

아니?

나는 뭐
당신이랑
하고 싶은 줄
알아요?!!

운동은 즐겁게 해야
효과가 좋습니다.

호호호.

…하…하하
하하하하

쭈욱

쭈욱

좋습니다.
잘 하시네요.

젠장!

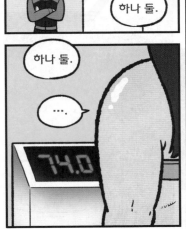

하나 둘.

G.X

하나 둘.

하나 둘.

….

74.0

수지, 다이어트
6개월 차.

한달동안
74kg….

아침
식사 전엔
73kg….

어쩔 수 없이
자꾸 신경 쓰이는
체중계의 숫자.

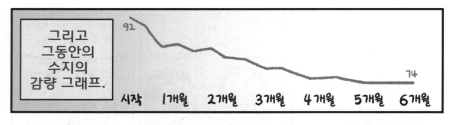

그리고 그동안의 수지의 감량 그래프.

세 끼를 다 챙겨먹고 빼는 데는 역시 한계가 있는 건가…?

계속 열심히 하고 있는데 왜 빠지지 않는 거야…?

왜 74kg에서 더 내려가지 않는 거지?

다이어트 프로그램에선 매주마다 몇 kg 이상씩 계속 감량하잖아…!

일주일에 2kg밖에 못 뺀 오민준씨는 탈락입니다.

크어억

왠지 모두 이런 옷을 입음

나태했던 제 책임이 가장 크고…

훌쩍

아냐! 아니라고!

그게 얼마나 대단한 노력의 결과인데….

일주일에 2kg씩이나 빼는 건 나태한 게 아니야!

선생님이 기다리겠다….

끼이…

쿵

차악…

차악…

차악…

이게 무슨 짓이야! 서로 친하게 지내야지!

왕따는 나빠!

히죽 히죽

하, 하지만 정체긴데….

안녕하세요.

식사는 어떻게 해결하십니까?

….

조…. 조심해….

스륵

스륵

어, 어억?!

우웁

꾸물 꾸물

아이고, 이걸 어째!

멍청한 녀석!

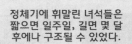

헐레벌떡

정체기에 휘말린 녀석들은 짧으면 일주일, 길면 몇 달 후에나 구조될 수 있었다.

어떻게든 껴들고 싶은 정체기.

……ㅎㅎㅎㅎ.

으흐.

히히.

그것만은 사양하고 싶은 근육…!

…….

…….

그 둘의 불꽃 튀는 신경전….

차악…

차악…

차악…

정체기를 떨쳐내는 방법.

첫 번째.

강도를 높인다.

두 번째.

운동 방법에 변화를 준다.

세 번째.

차라리 그냥 푹 쉬어본다.

최소한
몇 주는
무게를
올려가며
패턴을
유지한 다음,

끄아압

몸이 그 운동에 적응해서
자극이 적어졌을 때
변화를 주는 것이 바람직하다.

이제 운동 패턴을
바꿔 봐야겠어....

변화와 강도.
오늘은 둘 다야.
각오는 단단히
하고 왔겠지?

각오는
했지만
....

스윙보다
힘든가요?

뭐??
스~윙~?

선생님!
선생님!!

그냥 쉽고
재밌는
스윙을 할게요!!

200개
할게요!

300개
할게요!!

...라고 하게
될 거야.

방금 그거
제 흉내
낸 건가요?

그럼
누구겠어?

....

오늘 배울 운동도
유산소와 무산소를
동시에 한다.

각오는 됐겠지,
징징아?

네가 왜 여기 있는 거냐….

아빠….

그동안 아빠 몰래 작은 지방들과 어울리고 다녔단 말이냐…!!!

부들 부들

긴급상황!

긴급상황!

애애애앵

신수지의 운동이 감지되었습니….

치직….

치지지직….

이제껏 겪어본 적 없는 고강도의….

운동….

이, 일단 모두 대피하라!!

너도 빨리 와!

꺄악!

두두 두두 두두

어쩐지 경보기 상태가 이상한데요. 대장님…?

크크 크크

지옥이다!

지옥이야!

콰콰콰

멸망의 날이 왔어~!!!

대장님!!

대장님 살려주세요!!

어푸 어푸

으지끈

빠지끈

신수지~!! 대체 뭘 하고 있는 거야~!!!

ㅋㅋㅋㅋ

철썩!

이게 무슨 짓이야-!!

그렇다. 최단 시간 최고의 칼로리를 소모하는 이 운동…!

수지에게 지옥을 느끼게 하는 이 운동의 정체는…!

버피 테스트

전신 근육을 사용하는 운동.

스윙과 마찬가지로 유산소+무산소 운동의 효과가 있으며
최단 시간에 최고의 칼로리를 소모한다.

세트 사이의 휴식이 아주 짧으며
흔히 "악마의 운동"이라고 불린다.

① ② ③ ④ ⑤

Jump!

숙련자는 엎드릴 때 푸시업을 포함해도 좋다.

초보자의 경우 ①~⑤를 15회 반복한 후 30초 휴식이 1세트.

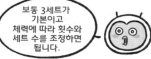

보통 3세트가
기본이고
체력에 따라 횟수와
세트 수를 조정하면
됩니다.

매일매일 하면
정말 살이 쫙쫙
빠지겠군요!!

과연 몸이
버텨낼 수
있을까?

몸에 무리가 많이 가는
운동이므로,
과도하게 하면
현기증이나 어지러움이
동반될 수도 있다.

너무 자주 하면
피로가 누적되니
일주일에 1~2회 정도
하는 것을 추천.

* 초보자의 경우 마지막 점프는 너무 힘들면 생략해도 된다. (물론 하는 것이 효과는 더 좋다.)

버피테스트 2세트를 겨우 마쳤을 때….

수지는 땀이 물을 끼얹은 것처럼 흐르고 있었다.

아아
아아
아아

차오르는 숨…!

따갑고 아릿한 목구멍…!

쿵쾅
쿵쾅

입으로 튀어나올 듯한 심장…!!

우우웁!!!

왝!

우웩!!!

괜찮아?

이건 원래 이런 운동이야….

원래 그런 거로 생각해, 그럼 좀 편하니까.

…선생님….

이제 체중이 늦게 빠진다고 불평하지 않을 테니까….

정체기가 와도 괜찮으니까…! 그냥 하던 운동 하면서 천천히 빼면 안 돼요…?

안 돼.

솔직히 말하자면…. 네가 25년을 뚱뚱하게 살았다면…,

인생의 1/10은 투자하면서 살을 빼는 게 가장 무난하다고 생각하지만.

신수지…. 내가 니 정체기까지 같이 겪어줄 여유는 없단 말이야…!

난 빨리 성공해서 네온비를 청소시켜야 해. GX 수업 무리하다가 네온비가 병이라도 나면 난 어떡하라고?

…나도 내 인생이 있잖아.

2년, 3년 동안 네 운동만 봐줄 수는 없어.

수지야. 너는 내 첫 번째 회원이지만, 나는 너만 가르치고 끝이 아니야!

난 좋은 트레이너가 되고 싶다.

앞으로 가르칠 더 많은 뚱뚱한 사람, 아픈 사람, 노인, 어린이….

모두에게 건강한 몸을 만들어 주는 그런 사람이 되고 싶단 말이야.

새삼 찬희가 존경스러워진 수지.

…아아.

그런 생각까지…

물론 나한테 돈을 주는 사람들한테만 말이지.

그리고 그 데이터로 책도 내고 DVD도 내고 찬닭도 내야 돼.

…맞아요. 선생님도 선생님의 인생이 있을 거고….

제가 표준체중이 되는 날이 빨리 와야겠네요….

신수지.

툭

너무 겁내지 마. 이 운동은 정말 체중 감량에 좋은 운동이야.

다만, 지금은 익숙지 않을 뿐이야!

너, 어떤 운동을 하든지 처음엔 다 힘들어했잖아?

익숙해지면 모두 괜찮아져.

다 너한테 피가 되고 살이 되는 운동이라고…!

살이 되긴 싫어요….

그래, 그럼 피가 되고 근육이 되는 거야. 알겠냐?

오늘은 좀 무리한 것 같으니까.

….

다음에 다시 좋은 컨디션으로 도전해 보자.

너무 주눅들어 있지 마.

수지는 처음 스쿼트를 할 때를 떠올렸다.

그래…. 익숙지 않을 뿐이야.

피해봤자 지금뿐….

무섭다고, 귀찮다고, 싫다고, 계속 피해 다니다가

결국, 90kg이 넘어버렸던 거잖아…?

이 운동도 익숙해져서 내 것으로 만들어야만 나중에 선생님이 없어도 혼자 할 수 있어…….

수지는 기어코 나머지 세트를 해냈다.

괴롭다…!

심장이 입 밖으로 튀어나올 것 같아…….

세상에 이렇게 힘든 운동이 있다니….
이런 운동이 존재하다니…!

자, 수고하셨어요. 마무리 동작을 해 봅시다.

서로 등을 맞대고 서시구요, 손으로 땅을 터치.

일어나서 상체만 오른쪽으로 돌려 상대방의 손바닥을 짝!! 치시면 됩니다.

시~작!!

짝 짝 짝
짝 짝 짝 짝 짝 짝

짝 짝 짝

짝 짝 짝

짝 짝

짝 짝

우히힉!!

크흐흐!!

같이 하는 운동….
정말 재밌다.

나중에
막걸리 한잔
하실라우?

크아~!!
좋죠!!

ㅋㅋㅋ

안주는
파전!!

친하게
지내기로 한
부장과 아줌마.

5. 맨손 운동이 중요한 이유

〈다이어터〉에서 소개한 운동은 거의 맨손 운동입니다. 운동에 익숙해진 분은 무거운 쇳덩어리를 번쩍번쩍 들고, 멋있는 청년(혹은 아가씨) 앞에서 잘난 척도 하고 싶을 겁니다. 그렇지만 기구를 사용하는 중량 운동이 능사가 아닙니다.

TV에서 가끔 특전사나 특공대 군인들의 훈련 방법을 보여줄 때가 있습니다. 그들은 하나같이 군살 없는 몸매와 근육을 가졌습니다. 그렇지만 그들의 정규 훈련에 덤벨이나 바벨, 웨이트 트레이닝은 없습니다. 푸시업과 턱걸이, PT체조 같은 맨몸 운동으로 몸을 단련합니다. 사실 겉보기에 좋은 근육을 단련하는 것은 다양한 맨손 운동만으로도 충분합니다.

그뿐 아니라 맨손 운동은 약간의 공간만 있으면 어디에서도 할 수 있습니다. 헬스장에 가기 싫어서 빈둥댈 때, 잠깐 자리에서 일어나 '인터벌 트레이닝이란?'(83쪽)에서 소개한 스쿼트 프로그램을 4분만 해도 엄청난 효과를 볼 수 있습니다. 또한 맨손 운동은 전신의 근육을 효과적으로 사용함으로써 균형성, 유연성, 협응력도 개선됩니다.

군대를 다녀온 분은 〈다이어터〉에서 등장한 맨손 운동이 군대의 PT체조와 유사함을 느끼셨을 겁니다. 원리적으로 군대의 PT체조와 〈다이어터〉의 운동은 거의 같습니다. 군인 아저씨들도 열심히 하는 운동인 만큼, 효과가 크니까 열심히 하세요. 게다가 헬스비도, 운동기구 구입비도 필요 없습니다. 아낀 돈으로 사고 싶은 것을 사세요. 단, 살찌는 음식은 금지입니다.

물론 바벨과 덤벨, 각종 기구를 이용하는 중량 운동이 무의미하다는 뜻은 아닙니다. 운동의 다음 단계로 가려면 중량 운동이 필수적이며, 기구의 도움이 없으면 단련하기 어려운 근육도 있습니다. 단지 "운동은 꼭 이렇게만 해야 해!"라는 편견은 없어야 합니다.

6. 다양한 종류의 운동을 하자

동의하지 않는 분도 있겠지만, 러닝이나 웨이트 트레이닝은 외로운 운동입니다. 트레이너나 파트너가 없으면 홀로 해야 합니다. 그리고 똑같은 움직임을 반복하는 만큼, 몇 가지 결함도 있습니다.

체력은 다음 7가지 요소로 이루어집니다.

1) 근력: 물건을 들어 올리고 잡고 누를 때 발휘하는 힘
2) 순발력: 던지고 때리고 찰 때 순간적으로 발휘하는 힘
3) 근지구력: 물건을 들거나 반복해 들어 올리는 힘
4) 전신 지구력: 오랫동안 버티며 견디는 힘, 활동력
5) 민첩성: 재빠르게 몸을 움직이는 능력
6) 평형성: 평행 감각과 조정력
7) 유연성: 관절을 감싸는 조직의 탄력성과 전신 가동 범위

유산소 운동과 근력 운동은 근력, 순발력, 근지구력, 전신 지구력에는 향상이 크지만 민첩성, 평형성, 유연성은 상대적으로 향상이 작습니다. 또한 민첩성, 평형성, 유연성을 등한시하면 이 부분이 한계가 되어 근성장의 발목을 잡습니다. 요가나 필라테스, 스쿼시를 병행하는 이유도 유산소 운동과 근력 운동만으로는 채울 수 없는 체력 요소를 보충하기 위해서입니다. 또한 여러 사람이 함께 하는 운동은 상당히 즐겁습니다. 최근에는 헬스 트레이닝에도 다양한 운동을 조합하는 모습이 보입니다.

〈다이어터〉에는 헬스 트레이닝을 주로 소개했지만, 이것만이 운동의 전부가 아닙니다. 각종 구기 스포츠, 격투기, 댄스 등도 살을 빼는 데 좋고 몰입도는 이쪽이 높습니다. 만약 헬스 트레이닝에 재미를 붙이기 어렵다면 다른 운동을 알아보는 것도 좋은 방법입니다. 무엇보다 규칙적으로 운동한다는 점이 가장 중요하니까요.

오늘은 일요일.

먹고 싶었던 것을 한 끼 먹을 수 있는 행복한 날…!

외출할 거야?

네~.

쇼핑도 하고, 맛있는 것도 먹고…. 저녁엔 친구도 만날까 하고….

….

이제 날도 많이 추워지네. 추우니까 감기 조심해야 하는데.

아프면 운동도 못하니까 그렇구나…. 상냥해….

아…. 전 괜찮아요~. 체력도 올라가고 튼튼해져서.

뭐?

이자식 무슨 소릴 하는 거야?

너 말고 나 말이야, 나!

나!!!

과연 트레이닝복 두 벌로 이번 겨울을 버틸 수 있을까….

버텨야겠지. 버티는 수밖에 없겠지!!

나는 수입이 없으니까 말이야. 난 거지야, 거지. 하하하하하!!

정말 감기에 걸려도 싸다니까.

아 진짜….
수지야 꼭 그래야
속이 시원하겠니?

굳이 이렇게
옷을 사주고
싶어하니
정말 어쩔 수가
없군.

그래, 신수지. 사실 이건
너를 위한 투자야.
내가 아파서 골골대고 집에만
누워 있으면 그건 너한테
마이너스라구.

말이나 못하면
밉지나 않지….

아,예-.
예.

쫑알
쫑알

그 옷은
언제 산 거야?

처음 보는데.

아, 이거요….
처음으로 일반
옷가게에서….
산 옷인데….

어울려요?

그래 그래,
예쁘네.

예뻐요?
정말요?

응, 잘
어울린다.

지금은 뭐든지
칭찬해 줄 수 있지.
ㅋㅋㅋㅋㅋㅋ

잘 어울리는 건
사실이었다.

밥부터
먹을까.

전 찜닭이
좋아요,
찜닭!!!

찜닭

또?

NEW

냠 냠 냠

예예

여기
음료수
추가요.

맛있다.
행복해…!

오늘은 입가심으로 아이스크림 먹으면 안 돼요?

당연히 안....

반은 세금 낼게요.

좋아.

살찌는 것을 가끔 먹게 됐을 때 반만 먹는 게 버릇이 된 수지.

하나를 다 먹지 않아도 그 맛을 즐기는 정도에서 만족하도록 노력한다.

뚝

으악!!

어울리냐?

멋져?

괜찮아 보여?

MAN
SPOR
WEA

아까운 거 아니지, 수지야? 응??

이제 그만 사요....

어쩔 수 없잖아~. 겨울은 옷 하나로만 날 수 있는 게 아니니까.

대신 짐 들어 준다.

잘 어울리긴 하네.

아니.... 선생님 옷인데 당연히....

또각

또각 또각

발 아파....

또각

또각

신발 불편하냐?

아.... 네, 조금.

아직 몸무게가 많이 나가니까, 발끝으로 무게가 쏠려서 그런 거야.

발 혹사시키지 말고 편한 걸로 신고 다녀.

선생님 때문에 많이 돌아다녀서 그렇잖아요...!

카페에서 조금만 쉬었다 가면 안 돼요?

그럼 괜찮을 것 같은데….

그러자.

아메리카노 한 잔만 주세요. 시럽은 됐고.

엇…?

난 안 마실 거고. 아이스크림 먹고 또 단걸 먹겠다는 생각은 아니겠지?

일단 뭐든 시키긴 해야 되잖아.

아…. 그렇군요.

선택권이 없군요.

여기 앉아 있을게요.

괜찮아요, 아메리카노 좋아요.

나 잠깐 화장실.

따뜻해.

호로록∞

기분 좋다.

선생님과 이렇게 나와서 종일 돌아다닌 게 얼마만이지?

집에만 있으면 답답할 테니까 가끔 같이 나오자고 해야겠다.

야, 구두가
너무 불쌍한데….
ㅋㅋㅋㅋㅋ

오빠~.
쉿!
듣겠다.

?

이상하다….
쳐다본 것
같았는데
….

잘못 들었나?
그렇겠지?

기분
탓인가
….

…오빠.

먹고 싶은 거 다 먹고 편하게 사니까 저렇게 되지.

운동도 안 하고 게으르게.

덜 덜덜 덜 덜덜

?

….

우는 것 같던데, 어떡해?

괜찮아.

저런 애들은 자극받아야 살 빼는 거야….

세상에 저 다리로 치마를 입고 다녀…. 공해다, 공해.

아하하.

ㅋㅋ

ㅋ

병 때문에 어쩔 수 없이 살이 찐 게 아니고서야!

네 몸이 이렇게 된 건 전부 네 탓이다!

그러니까 네 마음대로 하란 말이야!

굶을 테면 계속 굶어봐!

지갑이 무겁다고 돈을 몽땅 버릴 놈 같으니!

왝!

우웩!!!

괜찮아?

이건 원래 이런 운동이야….

우웨

탁 탁

원래 그런 거로 생각해, 그럼 좀 편하니까.

다시…. 다시 해볼게요.

나머지 2세트!

뭐지…
이 더러운
기분은…?

신수지를 뭐라고 할
자격이 있는 사람은
나 뿐이야.

너희들은 아무것도
모르잖아.

얼만큼
고생하면서
그 정도의 몸을
만들었는지.

수지만큼의
체력도,
열정도 없는
잉여 쓰레기들
주제에…!

…사실이면
다 말해도 돼?

네?

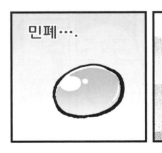

민폐….

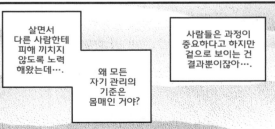

살면서 다른 사람한테 피해 끼치지 않도록 노력해왔는데….

왜 모든 자기 관리의 기준은 몸매인 거야?

사람들은 과정이 중요하다고 하지만 겉으로 보이는 건 결과뿐이잖아….

날씬하지 않으면 예쁜 옷도 입으면 안 되고….

오늘은 처음으로 옷가게에서 산 옷을 입고 나와서 정말 행복했는데.

높은 구두도 신으면 안 되는 거야…?

완전히 날씬해지기 전까지는 아무것도 하면 안 되는 거야…?

뚱뚱하니까…?

고소 할 거야!

서로 맞고 때렸으면 이쯤 하죠.

아니. 쟤는 지가 갑자기 혼자 테이블에 머리를 박은 거라니까?

….

자해라고, 자해!!

정말이냐?

아니에요, 관장님. 전 그렇게 치사한 사람이 못 됩니다.

저 남자가 무지막지하게 때려서 머리가 찢어진 거예요.

지금도 너무 아파서 정신이 왔다갔다 해요.

허…!!

아니, 어떻게 애를 이 지경으로 만드나….

솔직히 제가 더 많이 다친 거예요…. 으앙…. 관장님, 흐흑….

뭐, 서로 치고받은 것 같은데 그냥 좋게 좋게 넘어갑시다. 예?

이런 일에 좀
부르지 마라.

거짓말
싫어하는 거
몰라?

죄송해요.

하지만……!

하지만
관장님….

됐어.

표정이
다 말하고
있으니까.

잘했다.

...

머엇
머엇

...

아.

오셨어요?

발이 너무
아파서….
먼저 왔어요.
미안해요.

핸드폰
배터리도
나가고….

오늘은
피곤해서
일찍
자야겠어요.

....

그래, 뭐….
……
내 옷은?

책상 앞에
뒀어요.

하나 둘 셋
넷…

부스럭

부스럭

털석

ㄷ-

122

아….

쿵…

미치겠네
….

체력은 쉬면
회복되지만

한번 떨어진
자존감은 쉽게
회복되지 않는다.

후줄근…

또로로로롱

열차가
들어오고
있습니다.

와, 진짜
뚱뚱하다.

두근

두근

두근

내 얘긴가…?! 난가? 어떡해…. 무서워….

이 안에 뭐가 들었길래 가방이 이렇게 뚱뚱해? 안 무거워?

과제 때문에…. 책이랑, 준비물이랑 노트북까지 넣었더니….

무거워 죽겠다.

지겨워….

식단 조절도 지겹고, 운동도 지겹고,

뚱뚱한 나도 정말 지겨워…!

뚱뚱한 게 너무 지겨워!

뚱뚱하지 않다는 느낌은 뭘까?

군중 사이에서도 튀지 않는 느낌은 어떤 걸까…?

ㅋ ㅋ ㅋ ㅋ ㅋ ㅋ

74kg인 지금은
그때보다
행복한가?

….

어머, 수지 씨.
눈이 왜 그래?

아…. 어제
슬픈 영화를
봤어요….

뜨거운 찜질이
붓기 빼는 데
좋대.

수지 씨.
잘 가~

내일 봐~

네,
들어
가세요.

신수지!

집에만 있기가
답답해서 나왔다.

밥 하기도
귀찮고.

오늘은
밖에서 먹고
운동가자!

….

선생님.

저, 이제
…

운동…

안 할래요.

….

뭐?

찬희가
우려했던
최악의 상황.

수지의
포기!

식이 조절도
지겨워요….

뚱뚱한 몸도
지겹고요.

그냥 여기까지만
하는 게 좋겠어요.

제가
싫어요.

….

신수지, 이 자식…!
이런 식으로 나오면
곤란해…!

너는 좋은
샘플이자

내 야망의
시작점이란
말이야…!

그…래, 수지야.

나의 6개월…! 나의 시간…!!

사실…. 그래, 어제 무슨 일이 있었는지 대충은 알아.

그래도….

이제부터 진정한 체형 변화가 시작될 텐데!!

어제 그 멍청한 자식 하나 때문에 나의 6개월이 물거품이 될 순 없어…!! 이런 개자식, 개 같은 자식!!!!

설마 이대로 다이어트를 포기할 생각은 아니지?

힘들게 여기까지 왔잖아.

여기까지요? 다른 사람이 보기엔 90kg이나 74kg이나 똑같아요.

그냥…. 마음이 너무 괴로워요…. 그만할래요.

울먹

다른 사람 눈 때문에 살 빼고 있는 게 아니잖아! 꾸미는 것도 즐겁다면서!

뚱뚱한 게 싫으면 더욱 식이 조절과 운동을 해야지!!!!

…저도 알아요, 그런 건…!

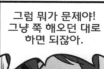

그럼 뭐가 문제야! 그냥 쭉 해오던 대로 하면 되잖아.

앞으로 볼 일 없는 모르는 놈이, 생각 없이 지껄인 말 몇 마디가 그렇게 중요해?!

소리 지르지 마세요!!

그냥 지겨워요!! 다!!!

전부!!!

당장 바뀌지 않는 이 상황이! 내 몸이!!

운동을 아무리 열심히 해도 그냥 남들 눈에 당장 보이는 뚱뚱한 몸 때문에 게으른 사람으로 취급받는 게 싫다고요!!!!!!

싫어요!!!!!

그냥 기분이 그렇단 말이에요!!

저는 그러면 안 돼요?!!

파악!

....

크흑

....

....

크흑

어쩐지 밀려오는 서러운 감정.

우아아아아앙!!!

?!

엉엉
엉
수군..수군
수군
….

흐어엉
뒤적 뒤적

돈
…!

흐엉…
택시!!
택시!!

사람 많은 곳에서 울지 마! 멍청아!

잘못한 것도 없는데 왜 울어?!

TAXI
부우웅

….

그래.
수지야.

그래서
이제부터는
어떻게
하고 싶은데.

운동도
안 하고,
밥도
안 먹고?

어린애같이
짜증 냈던 건
미안해요….

하지만
속상해요.

너무….
너무
속상해요
….

그동안 노력한 게
아무 의미가
없는 것 같아서.

빨리 살을 빼고
보통 몸이
되고 싶은데….

매일 운동해도
빠지는 속도도
더디고,

과정이
길어지니까
그게 너무
견디기
힘들어요.

…….

…수지야.
심정 충분히
이해한다.

아깐 화내서
미안.

살이
쪘다는 건,
어떻게 보면
아무것도
아니야.

90kg과 74kg이 똑같다고?

아니!

이제 수지 넌 옷가게에서 옷도 살 수 있고 아침마다 두통에 시달리지도 않고 손발 저림도 없어졌잖아.

넌 조금씩 건강해지고 있어. 6개월 동안 매일매일.

멍청한 놈들이 지껄이는 말에 큰 의미를 부여하지 마.

아무 생각 없이 남 따라 툭툭 내뱉는 건 앵무새도 할 수 있어.

?

바보

바보.

어제 그놈이 말한 건 그 정도의 가치도 안돼.

전혀! 전혀 신경 쓸 필요가 없단 말이야.

…제가 여기서 더 날씬해질 수 있을까요…?

당연하지. 넌 앞으로도 계속 변할 테니까.

이제부터는 1kg, 1kg이 달라.

이것도 그냥 지나가는 과정일 뿐이야. 그러니 포기하지 마라.

길거리의 날씬한 사람들, 신체를 가꾸는 것 자체가 직업인 연예인, 모델을 너와 비교하지 마.

자기 자신에 대한 기준이 엄격할수록 다이어트는 괴로워진다…. 지속할 수가 없어.

네가 비교해야 할 대상은 어제의 너 뿐이야.

어제의 너보다 건강해지고 날씬해지면 그걸로 성공인 거다.

매일 매일 기록경신 이라고.

그러다 보면 어느새 네가 원하는 최종 목표까지 와 있을 거다.

넌 이미 초반보다 많은 걸 이루어 냈어.

매일 아침 꾸미고 나갈 정도로 우쭐거려도 돼.

넌 언제나 헬스장의 누구보다도 잘하고 있으니까.

해일로 인해
토사가 밀려든
지방 성 내부.

젠장···!

젠장···!

죄송
합니다.

지방들이
모자라서
····.

이대로는
안 되겠어
····.

대장님
····.

수지의 몸은
계속 변하고
있다.

언젠가는 이런
참사가 또
벌어질 거야.

회의를
열어야겠어.

135

뇌

지방

근육

제 1 차 3 자 회담

근육 대표는?

곧 오겠지요.

아직 앙금이
남아있는 둘.

‥‥

뇌는 원래부터 혼자였으니
그렇다 치고, 근육은
대표를 새로 뽑아야 했다.

우리 그동안
대표가 없었나?

그러네!

왜 없지?

하루하루
거지꼴로 연명하다 보니
굳이 힘들여 대표를 뽑을
필요가 없다 생각했다.

하지만,
그게 아니다.

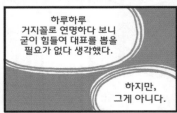

제대로 된
대표가
없으니
그동안
거지꼴을
못 면했던
게다.

꼬마근육을
추천합니다.

우리가
이렇게나마
살게 된 것도 전부
꼬마근육 덕분
아닙니까.

맞아요.

웅성

웅성

맞아.

집도 매일 손보러 다니고.

뚝딱 뚝딱

근육들 모아서 운동도 시키고.

삑 삐삐 삑

돈도 받아오고.

질서 유지.

주우세요!

길이 더러워 지잖습니까!

아… 알았어….

환경미화에도 힘쓰는….

welcome to 수지나라

꼬마근육이 대표로 선출된 건 당연한 결과였다.

늦어서 죄송 합니다.

초행길이라 잠깐 헤맸습니다.

근육 대표 입니다.

수지나라의 공존과 화합을 위한 첫걸음은 그렇게 시작되었다.

★5권에 계속

7. 혼자서 자세 교정을 어떻게 하지요?

좋은 운동 교재가 많고 좋은 지침도 인터넷에 많지만, 그럼에도 그것을 보고 올바른 운동법을
익히기란 어렵습니다. 헬스클럽 트레이너에게 올바른 방법을 배우는 것이 최선이지요.
개인 교습은 비싸서 못 받는다 하더라도, 자세를 교정하고 올바른 운동법을 알려주는 것은
트레이너의 의무입니다. 부끄럽다고 피하지 말고, 비싼 돈 주고 헬스장 이용권을 끊었으면 가능한 한
쪽쪽 빨아먹으세요. 다만 트레이너가 신은 아닙니다. 대부분은 옳은 운동법을 알려주지만, 개중에는
사이비 운동법을 알려주는 사람도 있습니다. 따라서 충분한 운동이 안 된다든지, 통증이 온다면 한
번쯤 의심은 해봐야 합니다. 운동은 개인차가 있어서 "누구나 이 운동만 해야한다!"라고 정해진 것은
없습니다. 결국 각자에게 맞는 운동법을 찾아야 하는 겁니다.

YouTube나 포털사이트에서 자세 교정 동영상을 찾아봐도 좋습니다. 자신의 자세와 어떤 차이가
있는지 비교를 해보면, 초라해지는 기분이 들겠죠. 그러면서 발전하는 겁니다. 몇 번의 클릭질이지만,
나중에는 보답이 되어 돌아옵니다.

8. 운동 시간은 너무 길지 않아야 좋다

찬희는 수지에게 항상 힘든 운동을 시킵니다. 이는 운동의 절대량을 늘려서 체력을 높이려는 의도도
있습니다만, 단시간에 운동을 마치려는 의도 역시 큽니다. 운동 시간을 너무 길게 잡으면 운동 효율이
떨어지거든요.

운동 시간이 오래 지속되면 근육에서 에너지가 소비되기 시작합니다. 파고들면 상당히 복잡해지므로
생략합니다만, 이는 신체 나름대로 에너지를 효율적으로 소비하기 위한 작용입니다. 보통 무산소
운동을 1시간 정도 한 시점에서 발생한다고 합니다. 그래서 운동선수나 전문 보디빌더는 이러한
현상을 방지하기 위해 다양한 종류의 휴식법과 영양 섭취법을 사용합니다. 합법적인 범위 내에서
약물을 사용하기도 하고요.

그러나 〈다이어터〉를 진지하게 읽는 독자라면 그 정도의 심한 운동은 하지 않을 겁니다. 단지 시간을
길게 잡고 운동하면 피로가 쌓이고, 이것이 근성장에 방해가 된다는 사실만 기억하시면 됩니다.
그러니 휴식 시간을 길게 잡고 미적미적 운동하지 마세요. 또 금쪽같은 시간이 절약되니 그보다 더
좋은 것이 없겠죠.

9. 피로와 부상

처음 운동하는 부장님처럼 의욕 충만하여 무작정 격한 운동을 하면 어떻게 될까요? 그러면 당장 심한 근육통이 생기고, 끙끙 앓게 됩니다. "근육통은 근육이 자라는 신호라면서요? 근육만 생기면 장땡 아닌가요?"라고 물을지 모르겠습니다. 그러나 근육이 자라는 신호는 일상에 지장이 없을 정도를 뜻합니다. 몸을 못 움직일 정도가 되면 두뇌는 부상이라고 판단하고, 일종의 스트레스 반응을 일으킵니다. 몸의 신진대사는 떨어지고, 몸을 치료하는 데에 온 힘을 기울입니다. 이때 나오는 호르몬은 근성장에 방해가 됩니다. 무엇보다 운동 사이클이 깨진다는 점이 더 큰 문제입니다. 근육통으로 운동을 일주일 쉬면, 이전에 했던 운동은 허사가 됩니다.

부상을 많이 당하는 시점은 보통 기본기가 붙고, 새로운 영역으로 갈 때 입니다. "난 실력자니까 더 무거운 걸 들어도 되겠지?"라면서 욕심을 부려서라고 합니다. 자신감이 붙어도 절대 과신하지 말고 단계적으로 운동을 하세요.

운동을 하다 보면 어느 순간에는 크든 작든 부상을 당하는 순간이 옵니다. 만약 조금이라도 통증이 있거나 부상 신호가 온다면 운동을 중단합니다. 작은 부상을 놔두고 운동을 강행하다가 고질병이 될 수 있습니다. 운동 전에 워밍업과 스트레칭을 해주면 어느 정도 부상을 예방할 수 있습니다.

10. 통증이 있다면 쉬어라

만약 운동 중 관절 부위가 시큰하거나 불길한 소리를 낸다면 지체 마시고 운동을 중단해야 합니다. 의외로 이런 통증을 참고 운동을 하다가 더 큰 부상으로 이어지는 일이 많습니다. 운동 중 통증에 대한 지침이 없기 때문에 간과하기 쉽기 때문입니다. 또 운동에 익숙해지면 성취감과 쾌감을 느끼게 되어 "참을 만한데? 모처럼 기운 나는데 더 하자!"라는 생각을 하게 됩니다.

이런 생각은 부상을 키우는 결과를 낳게 됩니다. 통증은 신체 위험을 감지하는 대표적인 감각입니다. 아무 이유 없이 통증이 생기는 일은 없습니다. 특히, 허리나 무릎 통증은 신체가 보내는 중요한 신호입니다. 이때는 반드시 운동을 중단해야 하며, 통증이 오래간다면 참지 말고 병원에 가시기 바랍니다. 의사는 여러분의 통증을 다른 누구보다도 빨리, 그리고 적은 돈으로 해결해주는 존재입니다.

11. 생활에서 운동을 찾자

1953년 영국의 모리스 박사는 버스 승무원이 버스 운전사보다 심근경색 발병률이 낮다는 것을 발견합니다. 당시는 2층 버스가 운행되었고, 승무원은 매일 1층에서 2층으로 뛰어다녀야 했다고 합니다. 반면에 운전자는 계속 앉아서 근무합니다. 그 운동량의 차이가 실재 발병률로까지 이어졌고요.

이런 원리로 생활 패턴을 바꾸면 소비 열량을 높일 수 있습니다. 크게 어렵지 않아요. 수지가 지하철역 계단을 올라간다든가, 몇 정거장을 걸어가는 행위들이 전부 거기에 들어갑니다. 중요한 것은 평소 어떤 형태로든 많이 움직이는 것입니다. 방 청소, 설거지, 심부름 같은 행동이 다 여기에 속합니다. 한 패션모델은 생활에 소비되는 열량을 늘리기 위해, 앉았을 때는 무조건 다리를 떤다고 합니다. 그것이 효과가 있는지 없는지는 알 수 없지만, 본인은 그 덕분에 먹고 싶은 걸 마음껏 먹어도 살이 안 찐다고 주장하더군요. 믿거나 말거나….

추천할 다른 방법은 출퇴근에 자전거 이용하기입니다. 자전거는 타기 편하지만, 생각보다 소비 열량이 많습니다. 그리고 바쁜 출퇴근 시간에 4~5정거장 정도는 버스보다 더 빠를 정도입니다. 무엇보다 교통비도 크게 절약이 되고요. 환경에 관심이 있다면 그만큼 탄소 배출이 덜 된다는 점을 고려해도 좋습니다. 다만 꼭 헬멧을 쓰고 안전운행하세요.

12. 복식 호흡을 하자!

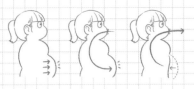

근육을 움직이는 데 필요한 에너지는 탄수화물+산소입니다. 근육에 공급되는 산소를 늘리려면 일차적으로는 심폐지구력을 늘려야 합니다. 여기에다 복식 호흡법을 익히면 더 효과적으로 산소를 공급할 수 있습니다.

복식 호흡 연습법은 이렇습니다. 들숨은 배를 크게 부풀리고, 코와 폐에 들어온 공기를 배 쪽으로 밀어 넣는 느낌으로 숨을 쉽니다. 날숨은 배를 수축하면서 천천히 내뱉습니다. 들숨과 날숨 한 번에 20초, 총 5분 정도 틈틈이 연습합니다.

복식 호흡은 의외로 터득하기 어렵습니다. 잠들기 전에 복식 호흡을 연습해 보세요. 복식 호흡은 스트레스 해소, 명상 효과 그리고 약간이지만 열량 소모 효과가 있습니다.

13. 무산소 운동과 유산소 운동의 차이점

무산소 운동, 유산소 운동은 다이어트를 하는 중에 지겹도록 듣게 되는 단어입니다.
그래서 이 두 가지 운동은 원래 따로 있는 건가 보다… 라고 많이 생각합니다.
그러나 이는 반은 맞고 반은 틀린 이야기입니다.

근육은 속근과 지근으로 나뉩니다. 속근은 순간적으로 강한 힘을 내는 근육입니다. 지근은 지속적인 힘을 내는 근육이고요. 짧은 시간 강한 힘을 내는 100m 달리기 선수는 주로 속근이 발달하고, 긴 시간 지속적인 힘을 내는 마라톤 선수는 주로 지근이 발달합니다. 운동의 절대량은 마라톤이 많으므로, 심폐지구력도 마라톤 선수가 강합니다.

그러나 이는 전문 운동선수들의 격차일 뿐입니다. 100m 달리기 선수는 심폐지구력, 속근, 지근의 발달 정도가 일반인의 그것을 월등히 뛰어넘습니다. 마라톤 선수의 속근 양은 일반인을 겨우 웃도는 정도지만, 이는 마라톤이라는 운동의 특성 때문입니다.

어느 수준을 넘어가면 무산소 운동과 유산소 운동의 차이는 거의 사라집니다. 유산소 운동으로 얻을 수 있는 가장 큰 이점 중 하나인 심폐지구력 향상도, 고강도의 무산소 운동을 반복하면 똑같은 효과가 있다고 합니다. 또한 유산소 운동의 다른 이점인 지방 연소 역시, 고강도의 무산소 운동으로 어느 수준까지는 높일 수 있다고 합니다. 이런 무산소 운동의 특징을 극대화시킨 운동이 바로 인터벌 트레이닝입니다.

"그럼 난 지루한 유산소 운동 안 하겠어. 무산소 만세!"라고 섣불리 단정하지는 마십시오. 이는 고강도 훈련을 소화할 만한 체력이 뒷받침되었을 때의 이야기입니다. 초보 단계에서는 유산소와 무산소를 분리해서 생각하는 편이 효율적입니다.

그러나 〈다이어터〉를 읽고 운동을 시작하게 된 독자들이 언젠가 고강도 훈련을 하고 더 높은 운동 경지에 이르기를 고대합니다. 운동이 단지 다이어트를 위한 것이 아니라, 운동 자체가 목표가 될 때 진정한 건강에 이른다고 생각합니다. 독자들도 운동 자체의 쾌감과 성취감, 자신감을 맛보면 좋겠습니다. 그것이 바로 다이어트의 완성입니다.

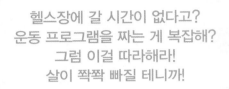

설마 이것마저 못한다고
하진 않겠지?

〈이 책을 사도 운동하지 않는 독자들을 위한 상냥한 운동법〉

러닝머신 안 해도 돼!

이 프로그램은 스쿼트, 버피 테스트, 플랭크 세 가지 운동만으로 하체, 복부, 허리의 기초 근육과
심폐지구력을 단련하는 운동입니다. 어려워요. 어렵지만 절대적인 효과가 있습니다.
하루 30분만 하면 당신도 이제 수지like 몸매에서 탈출!
남녀 불문 3개월 최소 5kg 감량을 보장합니다. 거기에다가 근육도 빵빵!

*타깃: 20~30대 여자 (66/77 size)

*12주 프로그램 check 박스가 있으니 매일 운동하며 점검하세요.

1. 스쿼트, 버피 테스트, 플랭크의 운동법은 각각 〈다이어터 라이트 에디션〉 3권 8쪽, 4권 97쪽, 54쪽을
   참고하세요.

2. 한 운동 세트마다 30초, 다음 운동으로 넘어갈 때는 1분에서 1분 30초를 쉽니다.
   총 운동 시간은 대략 20분 정도입니다.

3. 운동 전 스트레칭과 제자리 뛰기 등으로 워밍업을 합니다.

4. 운동 후 10분 정도 걷기, 가벼운 자전거 운동과 마무리 스트레칭을 합니다.

5. 첫 운동 후에 근육통이 올 수 있습니다.
   통증이 심하면 2일간 걷기 운동으로 대체 후 처음부터 시작합니다.

6. 첫째 주 월요일 운동으로 숨도 안 차고 근육에 자극도 안 온다면 당신의 체력은 상당한 겁니다!

7. 개인차가 있으니 자신의 체력에 맞게 적절히 조절하세요.

〈이 책을 사도 운동하지 않는 독자들을 위한 상냥한 운동법〉

월	화	수	목	금	토 / 일
스쿼트 10X3 버피 10X3 플랭크 15초X3 ☐	스쿼트 12X3 버피 12X3 플랭크 17초X3 ☐	스쿼트 15X3 버피 15X3 플랭크 20초X3 ☐	스쿼트 17X3 버피 17X3 플랭크 22초X3 ☐	스쿼트 20X3 버피 20X3 플랭크 25초X3 ☐	휴식
스쿼트 22X3 버피 22X3 플랭크 27초X3 ☐	스쿼트 22X3 버피 22X3 플랭크 27초X3 ☐	스쿼트 22X3 버피 22X3 플랭크 27초X3 ☐	스쿼트 22X3 버피 22X3 플랭크 27초X3 ☐	스쿼트 22X3 버피 22X3 플랭크 27초X3 ☐	휴식
스쿼트 25X3 버피 25X3 플랭크 30초X3 ☐	스쿼트 25X3 버피 25X3 플랭크 30초X3 ☐	스쿼트 25X3 버피 25X3 플랭크 30초X3 ☐	스쿼트 25X3 버피 25X3 플랭크 30초X3 ☐	스쿼트 25X3 버피 25X3 플랭크 30초X3 ☐	휴식
스쿼트 27X3 버피 27X3 플랭크 32초X3 ☐	스쿼트 27X3 버피 27X3 플랭크 32초X3 ☐	스쿼트 27X3 버피 27X3 플랭크 32초X3 ☐	스쿼트 27X3 버피 27X3 플랭크 32초X3 ☐	스쿼트 27X3 버피 27X3 플랭크 32초X3 ☐	휴식
스쿼트 30X3 버피 30X3 플랭크 35초X3 ☐	스쿼트 30X3 버피 30X3 플랭크 35초X3 ☐	스쿼트 30X3 버피 30X3 플랭크 35초X3 ☐	스쿼트 30X3 버피 30X3 플랭크 35초X3 ☐	스쿼트 30X3 버피 30X3 플랭크 35초X3 ☐	휴식
스쿼트 25X4 버피 25X4 플랭크 30초X4 ☐	스쿼트 25X4 버피 25X4 플랭크 30초X4 ☐	스쿼트 25X4 버피 25X4 플랭크 30초X4 ☐	스쿼트 25X4 버피 25X4 플랭크 30초X4 ☐	스쿼트 25X4 버피 25X4 플랭크 30초X4 ☐	휴식

〈이 책을 사도 운동하지 않는 독자들을 위한 상냥한 운동법〉

월	화	수	목	금	토 / 일
스쿼트 27X4 버피 27X4 플랭크 32초X4 ☐	스쿼트 27X4 버피 27X4 플랭크 32초X4 ☐	스쿼트 27X4 버피 27X4 플랭크 32초X4 ☐	스쿼트 27X4 버피 27X4 플랭크 32초X4 ☐	스쿼트 27X4 버피 27X4 플랭크 32초X4 ☐	휴식
스쿼트 30X4 버피 30X4 플랭크 35초X4 ☐	스쿼트 30X4 버피 30X4 플랭크 35초X4 ☐	스쿼트 30X4 버피 30X4 플랭크 35초X4 ☐	스쿼트 30X4 버피 30X4 플랭크 35초X4 ☐	스쿼트 30X4 버피 30X4 플랭크 35초X4 ☐	휴식
스쿼트 32X4 버피 32X4 플랭크 37초X4 ☐	스쿼트 32X4 버피 32X4 플랭크 37초X4 ☐	스쿼트 32X4 버피 32X4 플랭크 37초X4 ☐	스쿼트 32X4 버피 32X4 플랭크 37초X4 ☐	스쿼트 32X4 버피 32X4 플랭크 37초X4 ☐	휴식
스쿼트 35X4 버피 35X4 플랭크 40초X4 ☐	스쿼트 35X4 버피 35X4 플랭크 40초X4 ☐	스쿼트 35X4 버피 35X4 플랭크 40초X4 ☐	스쿼트 35X4 버피 35X4 플랭크 40초X4 ☐	스쿼트 35X4 버피 35X4 플랭크 40초X4 ☐	휴식
스쿼트 37X4 버피 37X4 플랭크 42초X4 ☐	스쿼트 37X4 버피 37X4 플랭크 42초X4 ☐	스쿼트 37X4 버피 37X4 플랭크 42초X4 ☐	스쿼트 37X4 버피 37X4 플랭크 42초X4 ☐	스쿼트 37X4 버피 37X4 플랭크 42초X4 ☐	휴식
스쿼트 40X4 버피 40X4 플랭크 45초X4 ☐	스쿼트 40X4 버피 40X4 플랭크 45초X4 ☐	스쿼트 40X4 버피 40X4 플랭크 45초X4 ☐	스쿼트 40X4 버피 40X4 플랭크 45초X4 ☐	스쿼트 40X4 버피 40X4 플랭크 45초X4 ☐	휴식

1

2

라디오 광고 타임.

3

라디오 광고 타임.

랄라랄~
즐거운
○○병원~.

반갑다, 얘!!
너 아직도
요실금 달고 사니
?!!

ㅋㅋ그래,
아직도 요실금
달고 살아?

친구면서
대박
싸가지 없네요.

그러게….
남의 결점을
저렇게 크게
외치다니….

4

조용하고
낯가리는 성격의
네온비는

작가라는
호칭은
과분해….

부끄러워….
숨고싶어….

만화로 알게 된
사람들 말고는
만화를 그린다는
내색을 전혀 하지
않는다.

편한 점은
아무런 의식 하지 않고
아무데서나 신나게
망가질 수 있다는 점.

끄으
아압!!!

회원님^^

예?

친한
트레이너

다이어터
작가예요?

작가죠?

왜 숨겼
어요?

아,
아닌데요?
저 아닌데요?

아닙니다!!

이야기를 자주 나누다보니 작은 단서에서 알았다고 함.

149

9

순식간에 지나가버린 나의 20대 초중반….

…사실 난 더 연애를 하고 싶었는데….

나 진짜 결혼하는 건가? 이대로?!

이렇게 젊은데 캐러멜에게 발목이 잡히다니.

아이돌 콘서트 때 이제 남편이랑 가야되나?!!

스토리를 써준 게 화근이야.

1년 전

아오 바빠!! 이렇게 살 바엔 진짜

빨리 결혼하는 게 낫겠어!!

출퇴근 시간이라도 줄이게!!

설마 이게 프로포즈였나?

어차피 이번 생엔 니가 좋아하는 아이돌 K와는 안 될 거야.

그러니까 나랑 결혼해!

놓아주지 않겠다

크윽

설마 이게 프로포즈였나?

각자 애인 있답서요?! 어떻게 된 거임?!

독자

이쯤 되면 궁금한 독자의 질문

Q. 둘이 사귑니까?

좋은 동료 사이 입니다.

A. 좋은 동료이며 동반자라고 생각합니다.

Q. 그래서 둘이 사귀냐고요?

여친 있어요.

남친 있어요.

A. 그게 서로라고 말을 안 했을 뿐.

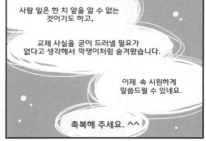

사람 일은 한 치 앞을 알 수 없는 것이기도 하고,

교제 사실을 굳이 드러낼 필요가 없다고 생각해서 깍쟁이처럼 숨겨왔습니다.

이제 속 시원하게 말씀드릴 수 있네요.

축복해 주세요. ^^

어리 바리

저…
일 도우러
왔는데여.

5년 전쯤 서울에
상경했을 때
같이 일을 하게 됐습니다.

사귀던 사람이 각각 있다가
헤어진 상태여서 서로 마음속에
작은 공백이 있었습니다.

안녕.

처음엔 그냥 서로
웃긴 놈이라고 생각했지만
같이 일하다보니
척하면 딱인 경우가 많더군요.

척!

ㅋㅋㅋㅋ

ㅋㅋㅋㅋ

딱!

좋은 동료이자
좋은 짝꿍이자
인생의 동반자로

유쾌하게 살겠습니다.

Index

*제작에 도움을 주신 엄명섭 트레이너께 감사드립니다.

다이어터 라이트 에디션 4

초판 1쇄 2020년 6월 29일

지은이 캐러멜 · 네온비

발행인 이상언
제작총괄 이정아
편집장 손혜린
책임편집 유효주

기획 이용환
표지 디자인 ALL designgroup
본문 디자인 변바희, 김미연, 이지은
마케팅 김주희, 김다은

발행처 중앙일보플러스(주)
주소 (04517) 서울시 중구 통일로 86 바비엥3 4층
등록 2008년 1월 25일 제2014-000178호
판매 1588-0950
제작 (02)6416-3922
홈페이지 jbooks.joins.com
네이버 포스트 post.naver.com/joongangbooks

ⓒ 캐러멜 · 네온비, 2020
ISBN 978-89-278-1128-2 04810
ISBN 978-89-278-1123-7(set)

중앙북스는 중앙일보플러스(주)의 단행본 출판 브랜드입니다.